Mein finnischer Freund

Gerhard Pietsch

Mein finnischer Freund

Erlebnisse eines jungen Soldaten

Bibliografische Information der Deutschen Nationalbibliothek:
Die Deutsche Nationalbibliothek verzeichnet diese Publikation in der
Deutschen Nationalbibliografie; detaillierte bibliografische Daten sind
im Internet über
< http://dnb.d-nb.de > abrufbar.

© 2007 Gerhard Pietsch
Satz, Umschlaggestaltung, Herstellung und Verlag:
Books on Demand GmbH, Norderstedt
ISBN: 978-3-8334-8290-8

Inhalt

Soldat in einer Beobachtungsabteilung

Nachdem ich meine Arbeitsdienstzeit hinter mir hatte, wartete ich auf meinen Einberufungsbefehl zur Wehrmacht. Die Freunde aus meinem Jahrgang waren längst eingerückt, nur Waldemar Räde und ich waren noch zu Hause. Das gefiel uns ganz und gar nicht. Wir Jünglinge besaßen keine politische Reife, waren aber vom Gedankengut der Nazis so verblendet, dass wir glaubten, in diesem Krieg gegen unsere Feinde ginge es nicht ohne uns. Hatte man uns etwa übersehen?

Nein, natürlich nicht. Sechs Wochen später war es so weit. Wir traten mutig an, wie es bei der Hitlerjugend von uns verlangt worden war. Nur ein Einziger meines Jahrgangs war nicht in der Hitlerjugend: Gerhard Sauer. Sein Vater, ein Arbeiter in der Schmöllner Glasfabrik, hatte es seinen beiden Söhnen streng untersagt, in die Hitlerjugend einzutreten. Sie durften auch nicht die Hitler-Eiche grüßen, die am 30. Januar 1933 vor unserer Schule gepflanzt worden war. Vater Sauer war aktives Reichsbanner-Mitglied. Man sah ihn oft bei Demonstrationen im Dorf. Bei solchen Umzügen marschierte die Schalmeienkapelle der Dreipfeile-Kampfgruppe in blauen Hemden, roten Schlipsen, schwarzen Schirmmützen und mit dem Dreipfeileabzeichen voran.

Gemäß Einberufungsbefehl musste ich in die neue Kaserne der Beobachtungsabteilung im Dorf Tschertnitz – nahe der schönen Stadt Meißen an der Elbe – einrücken. Den Spleen, Fallschirmjäger zu werden, hatte mir meine Mutter nachdrücklich ausgeredet. Neben unserem großen Kasernenkomplex befand sich noch eine Artilleriekaserne.

Ich lag mit sieben umgänglichen und angenehmen Kameraden auf einer Stube. Bis auf zwei hatten alle eine höhere Schule besucht. Nach der Grundausbildung im Exerzieren und Schießen wurde uns das »Vermessen« beigebracht. Mit Theodolit und Messlatte mussten wir von trigonometrischen Punkten neue Standpunkte mittels »Streckenzügen« oder anderen Verfahren bestimmen, um für die Schallmess- und Lichtmessstellen verbindliche Koordinaten festzustellen. Das machte auf uns zunächst den Eindruck, als habe dies nichts mit militärischen Einsätzen zu tun – hatte es aber doch, was später noch zu lesen sein wird. Unangenehm bei den Feldeinsätzen war allerdings das Schleppen der Geräte, zusätzlich zu der ohnehin schweren Feldausrüstung. Mich hatte man zum Vermesser am Theodolit gemacht, Horst Behnke, meinen neuen Freund, zu meinem Aufschreiber, und Kurt Wagner zum Lattenträger. Er trug die meiste Last.

Nach vier Monaten Ausbildung wurden wir mit den Kameraden vom Schallmess- und Lichtmesszug nach Charleroi in Belgien gebracht. Dort fanden wir in einer alten Kaserne Quartier, in der sanitäre Verhältnisse wie vor hundert Jahren herrschten. Ich hatte Hemmungen, mich dort zu »erleichtern«, und tat es nur abends, wenn ich mich ungestört fühlte.

Zunächst erfuhren wir nicht, was man mit uns vorhatte. Nicht einmal unser Unteroffizier wusste Bescheid.

Bald entwickelte sich Charleroi zu einem Heerlager verschiedener Truppenteile. Bei den meisten Einheiten sah man fast nur junge Soldaten.

Wir erhielten hier die komplette neue technische Ausstattung und die Geländefahrzeuge, die mit neuen taktischen Kennzeichen versehen waren. Während wir »Meißener« alle aus Sachsen und Thüringen stammten, kamen sämtliche Fahrer aus Baden.

Nachdem sich ein Hauptmann als unser Chef vorgestellt hatte, erfuhren wir von ihm, dass wir nun zur neu aufgestellten Beobachtungsabteilung 18 gehörten und in Kürze mit der Bahn nach Stralsund gebracht würden. Das war Anfang Juni 1941. Uns blieben nur noch einige Tage in Charleroi. Nachmittags konnten wir uns also in der Stadt umsehen, durften allerdings nicht alleine ausgehen und mussten um 20 Uhr wieder in der Kaserne sein.

Horst Behnke hatte bisher die freie Zeit in Charleroi offensichtlich auf seine Art genutzt. Weil ich nicht so unternehmungslustig wie er war, meinte er, mir eine besondere Überraschung bieten zu können. Ich sollte mich ihm nur anschließen.

Natürlich war ich neugierig, was das wohl werden sollte. Er führte mich in der Stadt durch eine stille Straße zu einem abgelegenen Haus, dessen Haustür nur angelehnt war, und klopfte an, um uns anzukündigen.

Vom oberen Treppenpodest grüßten uns zwei junge Frauen. Horst stieg die Stufen hinauf und ich hinterher. Die Frauen sahen hübsch und schlank aus, die eine hatte rötlich blondes Haar, die andere dunkelbraunes. Bis dahin hatte ich noch nicht begriffen, was das zu bedeuten hatte.

Nach der Begrüßung nahm die Dunkelhaarige Horst gleich bei der Hand, so als wären sie miteinander bekannt, und verschwand mit ihm. Jetzt dämmerte es mir. Ich hatte wohl schon mal von käuflicher Liebe gehört, aber eine richtige Vorstellung davon hatte ich nicht. Ich verlor fast meine Fassung. Prompt küsste mich die Blonde, drückte sich an mich, fasste mich am Arm und führte mich in ein Zimmer, in dem wir allein waren. Sie sagte keinen Ton, und ich sagte keinen Ton. Ich verstand kein Flämisch und sie kein Deutsch. Ich fühlte, dass ich einen knallroten Kopf hatte. Das sah sie wohl auch, aber offensichtlich legte sie es falsch aus. Weil ich mich nicht rührte, versuchte sie, meine Uniformjacke aufzuknöpfen.

Ich war schockiert. Das ging mir zu weit. Schnell stand ich auf und verließ mit halb offener Jacke fluchtartig das Haus. In der Nähe wartete ich auf Horst – und zwar eine ganze Weile. Ich war entsetzt, dass er mir diese »Überraschung« zugemutet hatte. Doch mein Vorwurf beeindruckte ihn nicht sonderlich. Vielmehr meinte er, sich dieses Vergnügen gönnen zu können: Man wisse ja nicht, was uns bevorstünde.

Warum nach Finnland?

Die Bahnfahrt von Charleroi nach Stralsund dauerte sehr lange. Unser Zug, der aus Personen- und offenen Güterwaggons für unsere Fahrzeuge bestand, musste oft auf freier Strecke halten. Im Hafen von Stralsund lag eine Reihe von Frachtschiffen. Bei unserem ersten Appell in der Nähe des Hafens klärte uns unser Hauptmann über Befehle der Armeeleitung auf: Wir sollten auf einem Frachter bis zum finnischen Hafen Turku geschifft werden. Dann sollte es mit der Bahn weiter bis nach Rovaniemi am Polarkreis gehen. Mehr erfuhren wir nicht.

Mit an Bord waren die vier Züge der Schallmessbatterie und die vier Züge der Lichtmessbatterie; außerdem die Stabsbatterie und die ganze technische Ausstattung der Abteilung sowie unsere Geländefahrzeuge.

Wir fuhren als fünftes Schiff in einem Geleit von acht Transportern, die von mehreren Torpedobooten begleitet wurden. Schon vor der Einschiffung war uns streng untersagt worden, uns während der Fahrt auf Deck aufzuhalten. Wir fanden keine plausible Erklärung, was diese Maßnahme zu bedeuten hatte. Erst in Turku erblickten wir finnisches Gebiet.

Den Weg nach Rovaniemi legten wir mit unseren Kraftfahrzeugen zurück, die alle im besten Zustand waren. Rovaniemi war eine Ortschaft mit einer weiten Ausdehnung und einem kleinen Zentrum. Die meist kleinen Häuser wiesen fast alle den gleichen aschfarbenen Anstrich auf. Der uns zugewiesene Lagerplatz war in der

Nähe eines Birkenwaldes, ziemlich weit vom Zentrum entfernt. In unmittelbarer Nachbarschaft hatte eine Artilleriebatterie ihr Lager. Den meisten Platz beanspruchte eine große Infanterie-Einheit etwa in der Stärke zweier Bataillone, die kurz nach uns eintraf.

Es war Mitte Juni. Über Finnland wussten wir alle nicht viel. Uns war nur bekannt, dass es ein großes skandinavisches Land und dünn besiedelt sei. Vom sogenannten Winterkrieg der Russen gegen die Finnen von November 1939 bis März 1940 hatten wir nicht viel gehört. Ursache für den Krieg waren Gebietsansprüche der Russen. Die tapferen Finnen, denen schwere Waffen fehlten, unterlagen damals nach hartnäckigem Widerstand der größeren Kampfkraft der Russen.

Der in seine Machtgelüste verstrickte Hitler hatte seit 1938 mit der Annexion Österreichs und der Besetzung des tschechischen Staatsgebietes im März 1939 die Welt in Unruhe versetzt. Aber das war erst der Anfang seiner Expansionspolitik. Es folgten der »Blitzkrieg« gegen Polen im September 1939 und die Überfälle auf Dänemark, die Niederlande und Belgien im Frühjahr 1940. Der anschließende Krieg gegen unseren Nachbarn Frankreich dauerte nur sechs Wochen. Schließlich wurden noch die Balkanländer Griechenland und Jugoslawien besetzt.

Was hatte nun unser Aufenthalt im Norden Finnlands zu bedeuten? Finnland, das mit Deutschland gute Beziehungen unterhielt, hat nur drei Nachbarn: lange Grenzen zum friedlichen Schweden und zu Russland und einen kurzen Grenzabschnitt ganz im Norden zu Norwegens Finnmark. Zudem hatten die Despoten

Hitler und Stalin im August 1939 einen Nichtangriffs-
pakt abgeschlossen. In der Truppe spekulierte man nach
Gründen, aber es gab keine wirkliche Erklärung für die
deutsche Militärpräsenz in Finnland.

Vormarsch auf Kandalakscha

Am 21. Juni 1941 verbreitete sich eine unerklärliche Unruhe in unserer Bereitstellung, obwohl bei unseren täglichen Appellen nichts Neues zu hören war. Allerdings ordnete unser Hauptmann an, alles zum Aufbruch – was auch immer das heißen sollte – vorzubereiten. Weil die Zelte bereits verstaut waren, schliefen wir unter freiem Himmel.

Nach einer kurzen Nacht weckte uns der Unteroffizier vom Dienst unsanft und kommandierte uns zum Appell. Wir und die ganze große Truppenansammlung erhielten den Befehl zum Vormarsch auf russisches Gebiet bis Kandalakscha am Weißen Meer. Die Infanterie-Einheiten formierten sich und setzten sich in Marsch, gefolgt von einer Pionierkompanie, einer Sanitätseinheit und einer Nachrichtenabteilung. Dann folgten wir, die Schallmess- und die Lichtmessbatterie sowie die motorisierte Artillerieabteilung. Auf der einzigen nordostwärts führenden Straße im Grenzbereich des finnischen Lappland und des russischen Karelien ging es nur langsam voran – durch eine hügelige, urwaldähnliche Landschaft. Der Straße fehlte ein fester Untergrund, stattdessen wies sie viele große Schlaglöcher auf. Die schweren Artilleriefahrzeuge hinterließen tiefe Fahrspuren. Zuerst erreichten wir die weit verstreuten Häuser von Salla und etwas später die Ortschaft Alakurtti. Von da an war das Land nicht besiedelt.

Am Nachmittag gab es die erste Feindberührung mit einem starken russischen Grenzposten. Die Kolonne, die zum Stehen gekommen war, suchte Deckung an den Straßenrändern. Das Gewehrfeuer hielt nur kurze Zeit an. Einige Querschläger-Geschosse schreckten uns auf.

Schließlich sahen wir, dass zwar der Grenzposten überwältigt worden war, dass aber auch einige unserer Infanteristen verwundet waren. Mehrere russische Soldaten lagen tot neben dem Wachgebäude. Es waren die ersten Toten, die wir sahen. Zwei Sanitätsfahrzeuge brachten unsere Verwundeten zurück.

Noch nahezu bei Tageslicht ging es bis zum späten Abend nur noch wenige Kilometer voran. Dann stoppte die lange Kolonne und schuf sich Platz nahe der Straße.

Die Stimmung während der Nacht war angespannt, aber es passierte nichts. Wir versuchten, neben oder in unseren Fahrzeugen zu schlafen. Unsere Wache hielt Verbindung zu den vorderen Einheiten.

Am Morgen brachen wir wieder auf. Nach der Karte unseres Truppführers waren es bis Kandalakscha noch etwa 200 Kilometer. Wir wussten, dass wir nach der Überrumpelung des russischen Wachpostens jederzeit mit dem Widerstand russischer Kampfeinheiten zu rechnen hatten. Uns junge, kampfunerfahrene Soldaten beschlich die Angst, getötet oder verwundet zu werden.

Die vorderste Infanteriekompanie wich links und rechts von der Straße auf festes Gelände aus. Im Schritttempo wollte man verlegten Tretminen, die man nicht orten konnte, ausweichen. Eine Plage besonderer Art stellten die vielen lästigen Mücken dar.

Am Nachmittag, wir hatten nur wenige Kilometer

zurückgelegt, überraschten uns zu unserem Entsetzen im Tiefflug zwei kleine russische Jagdflugzeuge, deren Besatzung uns mit Maschinengewehren beschoss. Das ging so schnell, dass eine Gegenwehr nicht möglich war. Außer zwei Leichtverwundeten und kleinen Schäden an einigen Fahrzeugen war Gott sei Dank nichts zu beklagen.

Bis die Kolonne aufbrechen konnte, verging einige Zeit. Befehlsgemäß sollte der Vormarsch beschleunigt werden, solange uns keine russischen Truppen bekämpften. Die Russen leisteten aber schon am übernächsten Tag Widerstand, als unsere Infanterie von einem festen Straßenhindernis aus mit Maschinengewehren beschossen wurde und die zwei kleinen Jagdflugzeuge wieder erschienen. Die Russen hatten sich offensichtlich massiv auf Gegenwehr eingestellt.

Unsere Infanterie hatte Mühe, das Hindernis zu bewältigen. Der Kampf forderte Opfer auf beiden Seiten. Das weitere Vordringen unserer Truppen war nur noch mit dem Einsatz schwerer Granatwerfer und leichter Artilleriegeschütze zum direkten Beschuss möglich. Je stärker die russische Verteidigung wurde, umso mehr Nachschub brauchte unsere Infanterie, die schon Tote und Verwundete zu beklagen hatte.

Da schließlich das Vordringen auf der Straße durch die russischen Truppen immer mehr erschwert wurde, erstreckten sich die Angriffe unserer Infanterie auf Flankenkämpfe. In dem unübersichtlichen und schwierigen Gelände war dies höchst gefährlich, zumal die Russen die gleiche Taktik anwendeten. So kam es schon weit vor Erreichen des Übergangs über den Wermansee zum Stellungskrieg. Das zum Teil undurchdringliche Gelände machte jedoch eine geschlossene Front unmöglich. Die Zielsetzung unserer Armeeleitung stellte sich schon jetzt als völlig unrealistisch heraus.

Der Einsatz der Schallmessbatterie

Nachdem auf den vorhandenen Messtischblättern des Kampfgebietes die Standorte der Messstellen und der Vorwarnerstelle markiert waren, rückten die sieben Messtrupps mit dem Gerät zu den vorgesehenen Stellen aus. Vom Lager unserer Batterieleitung und des Auswertetrupps war dies nur zu Fuß möglich. Abgesehen davon, dass es in dem Gelände weder Wege noch Stege gab, war es auch schwierig, die Stellen überhaupt ausfindig zu machen. Das war aber eine Bedingung für die genaue Lagebestimmung der feindlichen Artilleriestellungen. Unser Unteroffizier hatte zwar schon Kriegseinsätze hinter sich, aber keine so schwierigen.

Mein Freund Horst und ich waren dem Vorwarnertrupp, der den Messstellen vorgelagert ist, zugeteilt worden. Unser Vorgesetzter war der junge Leutnant Mehl. Unser Standort war mitten in der vordersten Linie auf dem Berg Lysaja. Die dort liegende Infanteriekompanie hatte sich schon eingegraben. Als wir uns auf dem Bergkamm vorsichtig umsahen, wunderten wir uns über die Unterstände, die wir dort vorfanden: Sie waren etwa eineinhalb Meter tief in der Erde und mit dicken Holzbalken und Erdreich abgedeckt. Zunächst fanden wir keine Erklärung dafür. Später wurde uns klar, dass sie von den Finnen oder Russen im Winterkrieg 1939–1940 stammten. Einen der Unterstände belegten wir und bauten unsere Geräte auf. Insbesondere musste ein Ausguck für unser Scherenfernrohr angebracht werden. Bei unserer Arbeit entdeckten wir Papierreste und mehrere halb verrottete Zigarettenkippen. Später vergrößerten wir unseren Bunker, damit wir fünf genug Platz hatten. Wir warteten nun noch auf den Fernmeldetrupp, der die Fernsprechverbindung zur Batteriezentrale herstellen sollte, was bei Ausfall unserer Funkgeräte nötig war. Das geschah auch bald. Die Versorgung mit Essen, für die eine Muli-Staffel sorgte, klappte ebenfalls gut, wenn es die Gefechtslage zuließ.

Der Stellungskrieg, der sich im Spätsommer 1941 entwickelte, forderte anfangs hauptsächlich die Infanterie heraus. Das änderte sich allerdings, als die Russen und wir selbst die schweren Waffen vermehrten. Die Artillerie der Russen hatte großkalibrige Steilfeuergeschütze, aber auch weit reichende Kanonen. Zur Aufklärung der gegnerischen Ziele setzten die Russen Aufklärungsflugzeuge ein, die zunächst unbehelligt über unsere Stellungen flogen und erst später von unseren Messerschmitt-Jägern bedrängt wurden.

Nachdem wir aufklärungsbereit waren, teilte uns unser Leutnant zum Beobachtungsdienst ein. Der Ausguck musste bei klarem Wetter ohne Unterbrechung besetzt sein. Wir hatten eine unbegrenzte Sicht auf russisches Gebiet. Die russischen Batterien waren zwar getarnt, doch ihr Mündungsfeuer konnten wir gut ausmachen. Sobald wir darauf aufmerksam wurden, mussten wir sofort unsere Batteriezentrale verständigen, damit von dort aus die Schallmessstellen-Mikrofone aktiviert werden konnten.

Das russische Artilleriefeuer nahm ständig zu, sodass wir selbst nachts einsatzbereit sein mussten. Inzwischen hatte sich jedoch unsere Artillerie, welche die Zielkoordinaten aus unseren Messungen prompt von uns erhielt, gut auf schnelle Gegenschläge eingestellt. So kamen öfter schnelle Feuerduelle zustande, bei denen nach Luftaufklärungen mehrere russische Feuerstellungen schwer getroffen wurden. Allerdings verstanden es die Russen, auf unsere verheerenden Feuerschläge zu reagieren, indem sie oft durch Stellungswechsel auswichen.

Was uns auf dem Berg zu schaffen machte, waren weniger die russischen Artilleriegeschosse als vielmehr die Einschläge von Granatwerfern. Anders als bei Artilleriegranaten, konnte man weder die Abschuss- noch die Fluggeräusche der Granatwerfergeschosse hören. Beim Verlassen unseres Bunkers mussten wir uns deshalb äußerst vorsichtig verhalten.

Mein Freund Horst neigte dazu, die Gefahr zu ignorieren. Selbst bei unserem Einsatz im Frontgebiet verlor er nie seine gute Stimmung. Doch dann passierte das Entsetzliche: Als er einmal kurz ausgerückt war, schlug ein Granatwerfergeschoss dicht neben unserem Bunker ein. Horst wurde von einem Granatsplitter so schwer getroffen, dass er Minuten später starb. Ich war erschüttert. Ich sah, wie sein Augenlicht erlosch, und konnte ihm doch nicht helfen.

Später habe ich noch einen weiteren Freund im Karelienkrieg verloren – meine schlimmsten Erlebnisse in den Kriegsjahren 1941 und 1942.

Durch die fortgesetzte Ausdehnung unserer Front hatten unsere Truppen bald Divisionsstärke. An Vormarsch oder Geländegewinn war jedoch nicht mehr zu denken. Eigentlich ging es mehr darum, das besetzte Gebiet zu halten. Den Russen durfte es eben nicht gelingen, uns aus unseren Stellungen auf karelischem Gebiet zu vertreiben, obwohl sie vermehrt ihre Luftwaffe mit schweren Bombenflugzeugen und Jägern einsetzten.

Bei einem solchen Angriff wurde auch unsere Batteriestellung so schwer getroffen, dass einige unserer Kameraden starben oder verwundet wurden. Unsere weit im Hinterland stationierte Luftwaffeneinheit kam anfangs leider immer zu spät, um die Russen zu bekämpfen. Später verzeichneten unsere schnellen Messerschmitt-Jäger Erfolge: Es gelang ihnen, zwei der Bomber abzuschießen. Danach blieben die russischen Bomber einige Zeit aus.

Der schlimme Winter 1941–1942

Wir waren mit unserer Umgebung am Lysaja schnell vertraut. Die Infanterie-Unterstände links und rechts von uns hatten die Kameraden mit Laufgräben verbunden. In größeren Abständen befanden sich gut getarnte und geschützte Posten mit schweren Maschinengewehren. Mehrere Granatwerfer-Stellungen hatten sich tief eingegraben. Auch wir fanden es dringend nötig, einen Laufgraben auszuheben.

In den Spätsommerwochen hatten die Spähtrupp-Kämpfe zugenommen. Von den ständigen Einsätzen hörten wir das häufige MG- und Gewehr-Feuer. Aber auch die Artillerieduelle nahmen an Heftigkeit wieder zu.

Anfang September deutete sich der klimatische Wechsel von Sommer auf Winter an. Die Tage wurden kürzer und kühler, die Nächte länger, und endlich belästigten uns die Mücken nicht mehr. Während der Nachtwache konnten wir oft das schöne Polarlicht herumgeistern sehen.

Mitte des Monats wurden wir vom ersten Schnee und von Temperaturen unter 10 Grad minus überrascht. Wir brauchten warme Kleidung und kleine Bunkeröfen. Offensichtlich fehlte es daran aber bei den Heeresmagazinen im Hinterland. Der Temperatureinbruch und der Schneefall waren nicht von kurzer Dauer; schon Ende September froren wir bei 20 Grad minus und 30 Zentimetern Schnee.

Das Geschehen an der Front hatte sich zwangsläufig verändert. Die Stoßtrupp-Aktionen unterblieben, und die großen Feuerschläge der Artillerie wurden seltener. Die Heeresleitung sorgte für die Ausrüstung der Kampfeinheiten mit Skiern und weißer Tarnkleidung.

Im Oktober war bereits der tiefste Winter eingekehrt. Es schneite oft – und es wurde noch kälter. Die Mulis schafften es kaum noch, bis zu uns vorzudringen. Das war hart, denn außer der »Eisernen Ration« hatten wir keine Reserven.

Es kam noch schlimmer. Kälte und Schnee machten uns fürchterlich zu schaffen. Die Versorgung der Einheiten am Lysaja setzte tageweise ganz aus. Zuweilen erhielten wir nur gefrorenes Brot. Im Dezember und Januar waren die Behinderungen am ärgsten. Die Lastwagen waren nicht fahrbereit, weil die Motoren nicht ansprangen, und selbst die Straßen im Hinterland waren wegen der Schneemassen zeitweise nicht befahrbar.

An der Front rührte sich fast nichts mehr. Nur hin und wieder sorgten Spähtrupps für Unruhe. Erst im Februar, als sich die Versorgung halbwegs normalisierte, gab es Anzeichen einer Milderung. Waschen und Rasieren mussten wochenlang unterbleiben Die Kälte lag vorübergehend bei minus 54 Grad. Viele Kameraden erlitten während ihres Wachdienstes leichte Erfrierungen. Die Winterbekleidung, die dringend nötig war, kam leider erst Ende Februar an.

Wegen der Enge in unserem Unterstand lagen wir wie Sardinen nebeneinander und wärmten uns gegenseitig. Unser Leutnant hatte einen unruhigen Schlaf. Oft kratzte er sich am Hals, an den Armen und am Körper.

Wir vermuteten, dass Läuse die Übeltäter waren, was er aber nicht wahrhaben wollte. Auch wir anderen wurden keineswegs von dieser Plage verschont. Das Läusepulver beseitigte die Plagegeister nur kurzzeitig, weil sich die winzigen Nissen fest in den Jackennähten eingenistet hatten.

Ende März schmolz der Schnee allmählich, und die Kälte ließ weiter nach. Skier und weiße Tarnkleidung hatten erst einmal ausgedient. Die Versorgungsdienste schafften wieder ausreichend Verpflegung heran. Eines Tages erschien unser Hauptmann mit unserem Furier – was bisher noch nicht vorgekommen war. Sie überraschten uns mit Zigaretten, Schokolade, einer Flasche Cognac und einer Soldatenzeitung. Vom Hauptmann hörten wir, dass in zwei Wochen die ersten verheirateten Kameraden Heimaturlaub bekämen. Von uns fünfen war allerdings keiner verheiratet. So baten wir den Furier, dass er uns bald wieder mit Sonderrationen versorgen möge.

Die Russen greifen an

Mitte April fiel uns auf, dass eines unserer Aufklärungsflugzeuge mehrmals täglich beide Fronten überflog – was
die Russen mit Maschinengewehrfeuer zu verhindern
suchten. Es drehte ab, erschien aber in größerer Höhe
bald wieder. Offenbar bahnte sich etwas an. Mit unserem Scherenfernrohr hatten wir einen großen Abschnitt der russischen Front im Blick. Selbst den etwa
drei Kilometer entfernten, von den Russen blockierten
Straßenbereich konnten wir einsehen. Dort waren jetzt
auffällig viele russische Soldaten zu sehen. Wir meldeten
unsere Beobachtungen sofort an unsere Batterieleitung.
Allerdings hatte schon vor uns ein vorgeschobener Ar-
tilleriebeobachter die gleiche Meldung an die Division
gefunkt.

An den nächsten zwei Tagen blieb es bis auf einige
Aufklärungsflüge unserer Luftwaffe ruhig. Auch unsere
Artillerie schwieg.

Das änderte sich aber buchstäblich schlagartig. Eines
Morgens schlugen die Russen auf breiter Front zwei
Stunden lang aus allen Rohren zu. Es war wie ein In-
ferno. Wir versuchten, unsere präzisen Meldungen tele-
fonisch durchzugeben, bekamen aber keine Verbindung.
Deshalb wichen wir auf Funk aus, was wir wegen der
langen Antenne sonst vermeiden mussten. Unsere Artillerie ließ mit einem Gegenschlag nicht lange auf sich
warten. Dann trat nochmals kurze Stille ein. Danach
stießen auf der Straße russische Panzer vor, die links und
rechts von Infanterie begleitet wurden.

Auf diesen Durchbruchsversuch war man auf unserer Seite gewappnet. Die russische Panzerspitze drang Schritt für Schritt weiter vor, bis unsere getarnten Panzerabwehrgeschütze losfeuerten. Die vorderen zwei Panzer wurden getroffen und blieben liegen, sodass die Kolonne stoppte. Jetzt griff unsere Infanterie aus sicheren Stellungen mit schweren Maschinengewehren ein. Die russischen Infanteristen setzten sich fluchtartig ab. Die Besatzungen der hinteren zwei Panzer ergaben sich. Sie hatten keine Chance zu entkommen.

Die Zeit danach verlief ruhig. Viele Soldaten hatten in diesem Kampf ihr Leben lassen müssen, und beide Seiten hatten zudem viele Verwundete zu beklagen. Es schien, als ob die Russen große Opfer nicht scheuten.

Der zweite Sommer in Karelien

Die Russen, die offensichtlich nicht mit unserer schlagkräftigen Abwehr gerechnet hatten, besetzten wieder den Wermansee-Übergang und verstärkten ihre Hindernisse. Mit einem baldigen zweiten Angriff an dieser Stelle war wohl nicht zu rechnen. Es folgten erneut Feuerüberfälle der Russen, sodass wir ständig ihren Geschützdonner orten mussten. Die an mehreren Stellen durch Granateinschläge zerrissene Telefonleitung hatte der Nachrichtentrupp längst geflickt.

Es war anzunehmen, dass sich die Russen mit der jetzigen Lage nicht abfinden würden. Vielleicht hatten sie sich für eine andere Strategie entschieden.

Unsere Beobachtungen bestätigten diese Vermutungen bald. Die Russen legten im Sumpfgelände an den Ufern des Wermansees Knüppeldämme an. Daraus ließ sich schließen, dass sie wahrscheinlich planten, mit stärkeren Einheiten unsere äußersten Infanterieflügel zu umgehen, um Geländegewinne zu erzielen.

Auf unserer Seite wurde mit Unterstützung der Pioniere das Verteidigungssystem tiefer gegliedert. Die in der vorderen Linie liegenden Bunker wurden verstärkt, wo notwenig unter Herrichtung von Sichtblenden. Offenbar hatte unsere Heeresleitung die Lage nun so eingeschätzt, dass wir uns auf Stellungskrieg einzustellen hatten.

Unser Batteriechef veranlasste die Verstärkung der äußersten Messstellen, weil sie ohne Infanterieschutz waren und somit Überfällen russischer Stoßtrupps am leichtesten ausgesetzt waren. Wie auch wir Vorwarner erhielten sie statt der Karabiner nun Sturmgewehre, die für Nahkämpfe wesentlich besser geeignet waren.

Die Mückenplage, die uns schon im vergangenen Sommer so sehr zusetzte, brach nun wieder über uns herein. Die große Kälte hatten die Mücken offenbar gut überstanden. Die Mückennetze boten keinen guten Schutz. Die andere Plage, die Läuse, waren wir trotz eifriger Läuseeiersuche in der Kleidung auch nicht los. Um diese Belästigung zu beseitigen, hatte aber die Heeresleitung mittlerweile eine Entlausungsstelle weit hinter der Front beim Feldlazarett einrichten lassen. Der Reihe nach wurden wir – auch unser Leutnant Mehl, der angeblich keine Läuse hatte – dorthin beordert. Die Läuse verschonten eben auch die höheren Chargen nicht; um Dienstrangabzeichen kümmerten sie sich überhaupt nicht.

Die Entlausungsstelle war von unserem Posten mehr als 15 Kilometer entfernt. Den größten Teil der Strecke ging es über Stock und Stein. Bei dieser Gelegenheit wurden wir nach Monaten einmal richtig mit warmem Wasser und Seife abgeduscht. Ja, und die Überraschung: Wir sahen endlich mal wieder junge Frauen: Sanitäterinnen. »Anbandeln« konnte man natürlich nicht. Dennoch war es einfach wohltuend, weibliche Wesen zu sehen.

Als wir bei unserem Marsch ins Hinterland zur »Läusestation« die Straße erreichten, fiel uns ihr eigenartiger Verlauf auf: Sie war in etwa 500 Meter langen, stumpfwinkeligen Abschnitten angelegt. An jedem Winkelknick entdeckten wir Reste von Baracken. Wie wir später erfuhren, war der Straßenbau von russischen Strafgefangenen durchgeführt worden.

Im großen Abstand von dieser einzigen Straße nach Kandalakscha verlief eine Eisenbahnlinie, die für unsere Truppen jedoch keine strategische Bedeutung hatte, weil die Russen nicht das europäische Schienensystem haben.

Die Sommermonate Mai bis August waren heiß, einige Wochen fast unerträglich heiß. An der Front, die sich mittlerweile über mehrere Kilometer ausdehnte, gab es über Wochen außer leichtem Artilleriefeuer nur Granatwerfer-Beschuss. Die Einschläge waren wegen der verheerenden Splitterwirkung allerdings sehr gefürchtet.

Wie vermutet griffen die Russen nach der relativ ruhigen Zeit gleichzeitig mit starken Stoßtrupps und Granatwerfer-Unterstützung sowie Artillerie-Sperrfeuer unsere Linien an. Unsere MG-Nester hatten den Befehl, sie auf kurze Distanz herankommen zu lassen und erst dann schlagartig das Feuer zu eröffnen – ein ungleicher Kampf, weil die russische Infanterie bergauf in offenem Gelände anstürmte. Es gelang auch nur einem ihrer Stoßtrupps, wenn auch mit starken Verlusten, für kurze Zeit einen kleinen deutschen Frontabschnitt zu besetzen.

Das grausame Ergebnis: gefangene Russen, viele Tote und noch mehr Verwundete.

Warum geht es nicht ohne Kriege ab? »Heldentod« – das ist eine Farce!

Bunkerleben

Die Finnen und die Russen hatten in ihren nördlichen Grenzbereichen weder einzelne Befestigungswerke noch ganze Befestigungslinien, wie wir sie von unserem Westwall her kannten. Die Grenzen waren nur von den Karten her bekannt. In diesen Landstrichen gab es ohnehin kaum menschliches Leben. Dennoch gab es dort oft Grenzstreitigkeiten zwischen den beiden Völkern.

Was wir »Bunker« nannten, waren Unterstände, die meist im Halbdunkel, erweitert und verstärkt wurden. Als Material stand nur Holz zur Verfügung. Je länger wir ausharren mussten, umso schwieriger war es zu beschaffen. Nachdem wir unseren Fünf-Mann-Bunker nach und nach erweitert hatten, war er inzwischen etwa zweieinhalb Meter lang, zwei Meter breit und eineinhalb Meter hoch. Aufrecht stehen konnten wir also nicht. In seinem Endzustand war er mit drei Lagen Baumstämmen abgedeckt. So bot er uns Schutz vor Granatsplittern und Gewehrkugeln. Bei einem Artillerie-Volltreffer hätte keiner von uns überlebt. Der nur mit einem Knüppelverschlag versehene kleine Eingang bildete die schwächste Stelle.

Bis zur nächsten Latrine am rückwärtigen Hang des Lysaja waren es etwa 300 Meter. Dort hatten wir auch eine dürftige Waschgelegenheit. Aber wegen des jederzeit möglichen Feindbeschusses konnte sich hier niemand einen längeren Aufenthalt leisten.

Das Leben zu fünft auf so engem Raum war natürlich nicht einfach. Man kam nur miteinander zurecht, wenn alle verträglich waren. In unserer Vorwarnerstelle war dies Gott sei Dank der Fall. Auch wenn man sich die Zeit mit Karten- oder Schachspiel und Ähnlichem vertreibt, stumpft das Leben in solch einer Lage ab.

Keiner konnte sich in eine stille Ecke zurückziehen. Auch das Briefeschreiben stellte ein Problem dar. Wenn wir keinen Beschuss zu befürchten hatten, riskierten wir es manchmal, uns neben den vom Feind abgewandten Eingang zu setzen.

Im Laufe der Zeit wusste jeder fast alles von jedem. Eine Ausnahme bildete nur unser Leutnant Mehl. Er war nicht so offen wie wir anderen. Die Verständigung zwischen ihm und uns war dennoch gut. Allerdings gab es für ihn auch fast keinen Anlass für Anweisungen.

Unsere Vorwarnerstelle hatte, solange ich dort eingesetzt war, leider den Tod von Horst Behnke zu beklagen, sonst blieben wir verschont. Unser Gerät blieb, bis auf den am Eingang stehenden, durch einen Granatsplitter zerstörten Funktornister intakt.

Luftüberwachung mit Folgen

Der kleine russische Doppeldecker, der wie eine große Hummel aussah, hatte uns lange Zeit verschont. Nun schwebte er wieder im Tiefflug über unsere Stellungen. Er war nicht übermäßig schnell, aber doch gefährlich, weil er mit seiner Bordkanone oder seinem MG seine Ziele direkt beschießen konnte. So schnell wie er kam, verschwand er aber auch wieder. Den schnellen deutschen Messerschmitt-Jägern hätte er gewiss nicht entkommen können; diese waren aber wegen einer so kleinen Störung nicht verfügbar.

Die russische Hummel belästigte uns neuerdings – nicht nur mit MG-Salven, sondern auch mit kleinen Sprengbomben. Offenbar lud der Pilot sie dort ab, wo er Licht entdeckte. Viele Bomben waren es nicht, aber sie schufen Unruhe, zumal es keine Abwehrmöglichkeit gab. So mussten wir uns selbst bei einbrechender Dunkelheit außerhalb unseres Bunkers vorsehen.

Eine neue Erscheinung stellte ein russisches Aufklärungsflugzeug dar, das in großer Höhe nicht nur unsere Stellungen mehrmals überflog, sondern auch weit über dem Hinterland kreiste. Das geschah zwei Tage hintereinander. Am dritten Tag schlug mit unheimlichem Krachen ziemlich weit von uns entfernt eine schwere Granate ein. Minuten später folgte eine zweite unweit davon. Wir machten sofort Meldung, konnten aber weder das Geschützfeuer noch den Abschussort lokalisieren.

An den nächsten Tagen wiederholte sich der Vorgang.

Meistens waren es nur zwei Detonationen. Die Granaten schlugen aber öfter weit im Hinterland bei unseren Versorgungstruppen ein. Offenbar war das russische Geschütz eine schwere Haubitze mit einer Reichweite von mehr als 30 Kilometern.

Einmal stieg eine hohe Rauchwolke zum Himmel auf, was auf einen Volltreffer schließen ließ. Der Angriff hatte wohl Rovaniemi oder unseren Nachschub-Truppen gegolten. Nach dem schweren russischen Beschuss folgte von unserer Seite zunächst einige Tage nichts.

Dann aber nahten – fast zeitgleich mit dem gewohnten Einsatz des schweren russischen Geschützes – ein deutscher Aufklärer und danach zwei Heinkel-Bomber mit Begleitschutz zweier deutscher Jäger. Minuten später hörten wir fürchterliche Detonationen hinter der russischen Front.

Während der folgenden Tage blieben die Einschläge der schweren russischen Haubitze aus. Allerdings gab es von da an auch auf unserer Seite eine mit Jägern gesicherte Luftüberwachung.

»Tapetenwechsel«

Unser Spieß, der schon etwas älter war als wir jungen Kerle, reflektierte vor seiner bevorstehenden Versetzung in seine Heimatgarnison auf eine besondere Auszeichnung, das EK I. Deshalb hatte ihm unser Hauptmann vorübergehend die Leitung einer der beiden gefährdeten Messstellen übertragen. Das EK I wurde damals wirklich nur verdientermaßen bei mutigem Einsatz des eigenen Lebens vergeben. Von dieser Stelle wurde er nach einem Vierteljahr zunächst wieder auf seinen eigentlichen Posten beim Batterielager eingesetzt. Aber was ging mich das an? Ich war mittlerweile Gefreiter und hatte nicht im Mindesten die Absicht, Karriere zu machen. Außerdem fühlte ich mich unter den anderen Vorwarner-Kameraden sehr wohl.

Eines Tages erklärte mir unser Leutnant, dass ich vorgesehen sei, die Leitung der Messstelle 7 zu übernehmen, da unser Spieß dort abgelöst werden solle. Dies sei ein Befehl unseres Hauptmanns, der mich für den nächsten Tag zu sich beordert hatte.

Die Sache ging mir ganz und gar gegen den Strich. Erstens gab es nach meiner Meinung besser geeignete Kameraden in unserer Batterie, und zweitens hatte ich Dampf vor dieser Aufgabe. Ich erfüllte selbstverständlich meine Soldatenpflicht, aber zum Helden war ich nicht geboren.

Dem Gespräch mit dem Hauptmann konnte ich natürlich nicht ausweichen, aber ich hatte auch keine Hemmungen, ihm meine Meinung zu sagen. Dabei erfuhr ich, dass der Vorschlag, mich auf die Messstelle 7 zu verfrachten, von unserem jungen Leutnant Mehl stammte. Nach seiner Ansicht wäre ich der richtige Mann für den Posten. Der Hauptmann blieb dabei und versuchte, mir den Befehl mit der Mitteilung schmackhaft zu machen, dass ich für die Beförderung zum Unteroffizier vorgesehen sei. Aber was ich auch erwiderte, ich konnte mich dem Befehl nicht widersetzen.

Mein Antritt bei der Messstelle 7 war Anfang August. Zunächst musste ich von unserer Vorwarnerstelle zum Batterielager, um mit einem Muli-Trupp Geräte, Waffen und Proviant zur Messstelle mitnehmen zu können. Die Messstellen 1 und 7 wurden nicht von unserer Feldküche versorgt. Messstelle 7 lag, wie ich aus der Karte ersah, mindestens sechs Kilometer vom Batterielager entfernt in flachem Gelände. Selbst die Mulis hatten es schwer, in der Wildnis voranzukommen.

Nach Stunden hatten wir es geschafft. Unser Spieß, den ich abzulösen hatte, wartete schon sehnsüchtig auf mich. Er konnte seine Freude über den Wechsel nicht verbergen, hatte er doch die Zusicherung, bald in der Heimat eingesetzt zu werden. Die Muli-Kolonne rückte nach einer halbstündigen Pause mit dem Spieß an der Spitze ab.

Der neun Mann starke Messstellen-Trupp, der mich erwartete, darunter zwei ältere Obergefreite, war nicht in einem Bunker, sondern in einer Blockhütte untergebracht. Einen in die Erde eingelassenen Bunker hatte man dort wegen des feuchten Geländes nicht bauen können. Die Hütte war etwas größer als unser Vorwarner-Bunker und nach Westen hin gut getarnt. Sie hatte einen etwas höheren Vorbau, der nach allen Seiten mit Sichtschlitzen versehen war. Der Trupp war mit Gerät und Waffen, sogar mit einem leichten Maschinengewehr, gut ausgestattet. Einer der beiden Obergefreiten war für den Proviant zuständig. Wenn es die Lage zuließ, gab es mittags meistens eine Suppe aus Hülsenfrüchten mit Büchsenfleisch. Herangeschafft wurden Proviant, Post und was sonst noch fehlte mit dem Muli-Trupp. Die drei Soldaten, die die Mulis führten, waren schon etwas ältere Semester. Sie stammten aus Tirol.

Die ersten Augustwochen verliefen ohne Aufregung. Einer von uns war für den Betrieb und den Schutz des etwa 200 Meter entfernt liegenden Spezialmikrofons verantwortlich. Für den Wachdienst und den Kontakt mit der Aufnahmestelle gab es feste Einteilungen. Wie weit wir von russischen Einheiten entfernt waren, wusste keiner. Unsere sowie die vorderste Linie der Russen lagen nach den Eintragungen auf der Karte nicht weit auseinander. Auf Feindberührung waren wir nicht versessen. Das Gewehrfeuer, das wir manchmal hörten, war vermutlich keinen Kilometer entfernt.

Der Winter ließ sich mit Schnee und Kälte etwas mehr Zeit als im Vorjahr. Das war gut, denn das Heranschaffen von trockenem Holz zum Heizen des kleinen Ofens wurde zunehmend schwieriger. Laute Geräusche mussten wir unbedingt vermeiden.

Da wir so weit abseits von Truppen-Konzentrationen

lagen, hatten wir von der russischen Artillerie nichts zu befürchten. Bei einem Angriff eines russischen Spähtrupps hätten wir uns zwar wehren können, aber ohne die Chance zu entkommen.

Der Umgang mit den Kameraden war angenehm. Die drei Ältesten von uns bekamen im Dezember Fronturlaub. Für die drei Ersatzleute war es der erste Feldeinsatz. Ihre Uniformen sahen noch wie neu aus. Sie kamen direkt von ihrem Ersatztruppenteil in der Heimat und waren anfangs sehr zurückhaltend.

Schon lange vor Weihnachten hatte es tüchtig geschneit. Wir durften uns nur in kleinem Umkreis von der Hütte aufhalten, denn jede Spur im Schnee hätte uns verraten können. Auch der Muli-Trupp, der jetzt nur noch in größeren Abständen kam, musste sich an eine einzige Spur halten. Während der Weihnachtsfeiertage schwieg unsere Artillerie. Doch die Russen machten keine Feuerpause, sodass wir immer messbereit sein mussten. Auch der Wachposten musste ständig besetzt sein.

Am Heiligen Abend zündeten wir zwei Kerzen an, und jeder erzählte etwas von seiner Heimat. Die Cognac-Zuteilung änderte nichts an unserem Heimweh und der gedrückten Stimmung.

An Silvester und Neujahr schien es bei den Russen sehr unruhig zuzugehen. Die ganze Front entlang hörten wir Gewehrfeuer. Das mochte wohl ihre Art sein, den Neujahrsbeginn zu feiern.

Im März erhielten wir den Befehl, unsere Messstelle zu räumen und zum Batterielager aufzubrechen. Was das zu bedeuten hatte, erfuhren wir jedoch erst später.

Umzug nach Süden

Für den Weg von der Messstelle bis zum Batterielager brauchten wir fast drei Stunden. Unser kleiner Zug hatte mit den Beschwernissen des Geländes zu tun, und jeder war mit Gepäck belastet. Dabei mussten wir vieles zurücklassen, was wir dort draußen zum Leben brauchten. Ob wir noch einmal dort eingesetzt würden, wusste keiner von uns. Im Batterielager gab es ein Wiedersehen mit den Kameraden der anderen Messstellen und des Auswertetrupps; auch fremde »Gesichter« lernten wir kennen.

Am Spätnachmittag wurden wir zum Appell neben dem Auswertewagen gerufen. Ein neuer Spieß meldete dem Hauptmann die Mannschaft. Zuerst erfuhren wir von ihm, dass vom finnischen und vom deutschen Oberkommando der in Lappland kämpfenden Truppen der Einsatz unserer Schallmessbatterie und einer Artilleriebatterie im mittleren finnischen Frontabschnitt verfügt worden sei. Bis zum Aufbruch blieben uns nur zwei Tage. In dieser Zeit mussten sämtliches Gerät und das persönliche Gepäck auf die Messtrupp- und die anderen Fahrzeuge verstaut werden.

Der Hauptmann hatte noch etwas anderes zu verkünden: Er rief meinen Namen und den eines Kameraden auf und ließ uns vortreten. Wir wurden beide zu Unteroffizieren befördert. Nach ein paar Sätzen der Gratulation und Anerkennung überreichte er uns die Schulterstücke, die unserem neuen Dienstgrad entsprachen. Dazu gab es laute Zustimmung seitens der Kameraden. Bei dieser Gelegenheit wurde mir die Leitung der Messstelle 7 fest übertragen.

Ich war 22 Jahre, hatte nie vorgehabt, ein militärischer Vorgesetzter zu werden, und war auch kein besonders mutiger Soldat. Ich verstand mich mit den meisten gut und war in schwierigen oder gefährlichen Situationen eher kühl abwägend als kühn. Doch die Beförderung einfach abzulehnen war ausgeschlossen.

Am übernächsten Morgen musste der Spieß die Fahrzeugkolonne fahrbereit melden. Wir durften uns in der Nähe der Front nicht mehr lange aufhalten, denn das Batterielager war leicht von der russischen Artillerie zu erreichen.

Mein Messstellentrupp verfügte wie alle anderen über einen geländegängigen Spezialwagen, in dem der Trupp und unsere Ausstattung Platz hatten. Zur Not konnten wir auch mal darin übernachten.

Vor der Abfahrt rief der Hauptmann noch einmal alle Zug- und Truppführer zusammen. Anhand der Karte klärte er uns über die Route, das Ziel und das Fahrverhalten auf. Nach meiner Schätzung mussten wir hinter der Front etwa 300 Kilometer in einem großen Bogen zurücklegen.

Unser Lkw war in der Mitte der Kolonne. Ich saß neben dem Fahrer, einem nicht mehr ganz jungen Obergefreiten aus Lahr in Baden, der immer etwas zu erzählen hatte. Auf der Instrumentenkonsole hinter dem Lenkrad stand ein postkartengroßes Foto seiner Frau und seiner zwei Töchter. Mit dem schweren Fahrzeug hatte er keine Probleme, auch sonst war Verlass auf ihn.

Unsere Kolonne kam langsam in Fahrt. Nach etwa 20 Kilometern hielten wir zum ersten Mal an. Wir erhielten Geleitschutz von zwei Vierling-Flaks, die zu einer nahen deutschen Flakbatterie gehörten. Wie erwartet hatten wir es mit schlechten Straßenverhältnissen zu tun. Dementsprechend schleppend ging es voran, durch ein sehr dünn besiedeltes, flaches Land mit vielen kleinen Seen. Die weit verstreuten, kleinen aschfarbenen Häuser lagen fast alle an einem See.

Nach dreistündiger Fahrt legten wir eine Pause ein, die nicht nur für einen Imbiss gedacht war. Wir hatten erst knapp 100 Kilometer zurückgelegt. Die beiden Vierling-Flaks kehrten an dieser Stelle um.

Als wir weiterfahren wollten, sprang ein Fahrzeug nicht an, sodass es in Schlepp genommen werden musste. Dadurch verlangsamte sich unser Tempo noch mehr. Je weiter wir nach Süden gelangten, desto größer und dichter wurden die Wälder. Man sah fast nur Birken und Kiefern.

Am Nachmittag passierten wir Siedlungen mit einer größeren Zahl von Häusern, die alle von Seen umgeben waren. In einer der nächsten Siedlungen machten wir Halt. Wir hatten unser Tagesziel erreicht. Der Voraustrupp hatte für einen Rastplatz am Dorfrand gesorgt, wo sich schon mehrere Finnen mit Kindern eingefunden hatten. Bevor die Abendrationen verteilt und die Zeltplätze angewiesen wurden, mussten wir noch zum Appell antreten. Dabei erfuhren wir von unserem Hauptmann, was wir über das Dorf und die Bevölkerung wissen sollten. Zum Schluss nahm der Unteroffizier vom Dienst die Wacheinteilung vor.

Inzwischen hatten sich viele Dorfbewohner eingefunden. Nach dem Appell suchten sie Kontakt zu uns. Die Verständigung war jedoch sehr schwierig, weil kaum einer von ihnen Deutsch und keiner von uns Finnisch verstand. Mit Gebärden machten sie uns aber deutlich, dass wir ihnen in ihre Häuser folgen sollten. Gemeinsam mit zwei Kameraden schloss ich mich einem älteren Finnen an.

Wir hatten den Eindruck, dass man uns im Haus schon erwartete. Das saubere, kleine Holzhaus hatte außer einem großen Raum, in dem sich das Leben der ganzen Familie abspielte, nur noch eine Kammer. Großeltern, Eltern, Kinder – alle begrüßten uns herzlich und luden uns zum Essen ein. Dazu nahmen alle auf dem sauberen Holzfußboden Platz. Die zehnköpfige Runde saß nun um ein großes Tablett mit dunklem Brot, gekochten Eiern und gebratenem Fisch. Uns schmeckte es wie zu Hause.

Auch schlafen sollten wir hier. Das musste allerdings unser Spieß erst noch genehmigen.

Neben dem Haus standen der Rentierstall und ein Schuppen für das Geflügel, an dem nahen See war die Sauna.

Mittlerweile war es Abend geworden. Unsere freundlichen Gastgeber luden uns ein, mit ihnen in die Sauna zu gehen. Dort hatte einer von ihnen schon die Steine zum Glühen gebracht und sonst alles vorbereitet.

Die Familie und wir drei saßen also nun splitternackt beieinander und sprangen nach dem ersten und dem zweiten Hitzeschub in den kühlen See. Danach gab es eine Birkenreiser-Massage. Die Gesellschaft war in froher Stimmung. Wir waren uns innerhalb weniger Stunden alle sehr zugetan.

Die Frauen richteten das Nachtlager her, nicht in Betten, sondern auf dem Fußboden, wo sie Rentierfelle ausbreiteten. Vor dem Schlafengehen rauchte der Opa noch eine Pfeife und die Oma eine Zigarre. Dann wünschten wir uns gegenseitig – jeweils in der Sprache des anderen – eine gute Nacht.

Das Leben der Dorfbewohner war anspruchslos. Es beschränkte sich hauptsächlich auf ihre Versorgung und die ihrer Tiere, den Fischfang und die Vorsorge für Brennholz und Nahrung für den langen Winter. Sie waren gläubige Christen, was sie mit einem Gebet vor dem Essen bekundeten. Sie verfügten zwar über elektrisches Licht, hatten aber keine elektrischen Geräte im Haus. Ihr Tagwerk verlief offenbar ganz im Einklang mit der Natur.

Unser Morgenappell war um sieben Uhr. Es fehlte keiner, obwohl wir gern länger geschlafen hätten. Der Abschied von unserer Gastgeberfamilie tat allen weh. Es half aber nichts, denn wir mussten unbedingt unser Tagesziel erreichen. Nach der Karte brauchten wir dafür etwa 4 bis 5 Stunden, wenn alles glatt verlief.

Landschaftlich änderte sich kaum etwas, hin und wieder kleine Ortschaften, immer wieder Seen und Wälder. Bei einer Zwischenrast hielten wir uns nicht lange auf.

Als wir noch rund 50 Kilometer zu fahren hatten, begegneten uns einige finnische Militärfahrzeuge. Unser Funktrupp hatte inzwischen Kontakt mit dem zuständigen finnischen Kommando. Man verständigte sich in Deutsch. Am Ziel wurden wir von einem finnischen Posten auf ein Lager an einem Wald eingewiesen. Dort erschienen auch gleich zwei finnische Offiziere mit mehreren Untergebenen. Wir stellten unsere Fahrzeuge nach ihrer Weisung ab und begrüßten uns. Das war nicht so schwierig, weil einige von ihnen über gute Deutschkenntnisse verfügten.

Beim folgenden Appell befahl uns zunächst der Unteroffizier vom Dienst, was außer Zeltaufbauen sonst noch zu tun sei, dann klärte uns unser Hauptmann über unsere Aufgaben am neuen Einsatzort auf. Es schien, als herrschten in diesem finnischen Frontabschnitt andere militärische Bedingungen als in Nordkarelien.

Was wir später bemerkten, war in Straßennähe eine getarnte Stellung von zwei kleinen Panzerabwehrgeschützen. Sie waren deutscher Herkunft und hatten ein Kaliber von fünf Zentimetern. Im deutschen Heer galten sie als veraltet, weil sie gegen neue Panzer nichts ausrichten konnten. Sonst sahen wir bei den Finnen nie schwere Waffen.

Finnische Kameraden

Bevor wir, die sieben Schallmesstrupps, ausrücken konnten, musste der Vermessungszug unsere Standorte bestimmen. Dazu brauchte er in dem relativ übersichtlichen Gelände nur zwei Tage, obwohl er sich mit unüblichen Messverfahren behelfen musste. So hatten wir die erste Gelegenheit, mit den finnischen Kameraden von der Versorgungseinheit Kontakt aufzunehmen. Sie trugen blaugraue Uniformen und hatten keine Stahlhelme. Die meisten waren sehr jung. Wir spürten gleich, dass es sympathische Kerle waren. Einige von ihnen sprachen ein wenig Deutsch. Sie brachten uns die ersten finnischen Vokabeln bei. Vor jedem ihrer Zelte stand ein riesengroßer, offener Karton. Was war darin? Knäckebrot! Da konnte sich jeder nach Bedarf bedienen. Das boten sie auch uns an.

Überrascht waren wir beim Anblick einer kleinen Gruppe junger Frauen in einheitlicher Kleidung. Es war ein weiblicher Hilfsdienst, der hinter der Front die Truppe unterstützte. Lotta Svärd nannte er sich. Als wir die Frauen ansprachen, zeigten sie sich sehr zugänglich. Zwei von ihnen verstanden sogar gut Deutsch.

Am übernächsten Tag ging es dann nach vorn, die ersten zehn Kilometer per Lkw und dann mit Karte und schwerem Gepäck zu Fuß weiter bis zum deutlich markierten Messstellenplatz. In der Nähe lag ein finnischer Infanteriezug. Um ihren Unterstand herum, der sich auf einer kleinen Anhöhe befand, hatten sie mannstiefe

Schützenlöcher und – in größeren Abständen davor – mehrere gut getarnte, tiefe Fallgruben ausgehoben. Die ganze Stellung war dem Gelände, das mit Baumgruppen und Gestrüpp durchsetzt war, angepasst.

Geführt wurde der Zug von einem jungen Offizier im Range eines Leutnants. Seine Deutschkenntnisse waren gut. Die Finnen wussten über unseren Einsatz Bescheid. Über Granatwerfer oder schwere Maschinengewehre verfügten sie nicht. Sie führten, anders als wir es kannten, einen »stillen« Krieg. Was sie fürchteten, waren die schweren Feuerüberfälle der russischen Artillerie. Daher hatte man uns in diesen Abschnitt beordert, um die russischen Artilleriestellungen aufzuspüren und sie mit den sechs Geschützen unserer Haubitzbatterie bekämpfen zu können. Unsere Batterieleitung und die der Haubitzbatterie waren vom Karelien-Einsatz her aufeinander eingespielt.

Im Gegensatz zu den strategischen Absichten unserer Heeresleitung am Anfang der Kämpfe in Nordkarelien, Geländegewinne zu erzielen, ging es der finnischen Truppe offenbar nur darum, den Grenzbereich zu sichern. Schon bald merkten wir, dass sich beide Seiten mit Stoßtrupps bekämpften. Sie mussten dabei immer mit Nahkämpfen und Ausfällen rechnen. Am heftigen Gewehrfeuer war immer wieder zu hören, dass es bis zu den russischen Stellungen nicht weit sein konnte.

Beim ersten Artillerieschlag der Russen seit unserem Einsatz, dessen Geschosse unweit von uns einschlugen, waren wir noch nicht messbereit, aber bei deren Artilleriefeuer am übernächsten Tag klappte es schon. Der erste Feuerschlag unserer Batterie aus allen sechs Geschützen dauerte fast zehn Minuten. Was er bewirkt hatte, wussten wir nicht gleich.

Jedenfalls war während der nächsten Tage Ruhe. So konnten wir fast ungestört unser Bauwerk vergrößern und verstärken. Dabei halfen uns sogar die finnischen Kameraden.

Unsere Versorgung mit Verpflegung und Gerät war weniger schwierig als an der Kandalakscha-Front. Allerdings hatten unsere Essenträger lange Wege zu den weit auseinanderliegenden Messstellen und dem Vorwarner. Die Finnen verwendeten für den Transport von leichtem Gerät und Proviant im Buschgelände eine Art Kanu, das sie hinter sich her zogen. Das wirkte zwar primitiv, war aber sehr praktisch.

Gute Nachbarschaft

Ich war jetzt seit zweieinhalb Jahren Soldat und volle zwei Jahre davon im Einsatz. In dieser Zeit hatten fast alle aus unserer Einheit irgendwann Fronturlaub gehabt, einige Verheiratete sogar zweimal. Vom Spieß bekam ich immer zu hören, dass ich noch nicht an der Reihe sei. Seit zwei Monaten gab es ohnehin eine Urlaubssperre. Warum, das wurde uns nicht erklärt. Ich musste also meiner Mutter und meiner Freundin Inge schreiben, dass wir uns noch nicht so bald sehen könnten; es könne sogar Herbst werden.

Außer unserer Messstellen-Mannschaft und dem finnischen Infanteriezug war in der Nähe keine militärische Einheit. Wenn es die Lage erlaubte, suchten wir Kontakt zueinander und halfen uns gegenseitig. Wir fühlten uns in der Nachbarschaft der Finnen sicher, zumal es keine geschlossene Kampflinie gab. Der finnische Zugführer und sein Vertreter, der im Range eines Unteroffiziers war, unterrichteten mich über alle ihre Vorhaben. Bei ihren Stoßtrupp-Einsätzen ließen sie immer einen starken Wachposten zurück. Dennoch waren wir vor überraschenden Stoßtrupp-Angriffen der Russen nie sicher.

So versuchten sie eines Tages, sehr früh unser Lager weit zu umgehen – was wir vor unseren finnischen Nachbarn bemerkten. Ich hatte unserem MG-Schützen befohlen, sich getarnt neben unserem Bau mit seiner Waffe in Stellung zu bringen. Wir verhielten uns ruhig, weil wir annahmen, dass die Russen uns noch nicht bemerkt hatten. Der MG-Schütze wartete auf meinen Schießbefehl. Dafür war es aber noch zu früh. Die Russen waren 15 bis 20 Mann stark. Fast alle hatten Kalaschnikows.

Plötzlich schwenkten sie aus den lichten Baumgruppen langsam auf unser Lager zu. Als sie auf etwa 150 Meter heran waren, gab ich den Feuerbefehl. Sofort gingen sie in Deckung und rührten sich nicht. Die Finnen waren nach unserem MG-Feuer auch gleich in Stellung gegangen und hatten sich ebenfalls mit einem kurzen Feuerstoß bemerkbar gemacht. Dann trat Ruhe ein – bis sich die Russen mit kurzen MP-Salven zurückzogen. Vermutlich ging es bei den Russen wie auch bei uns ohne Verluste ab.

So vergingen einige Wochen, in denen die Finnen zwei und wir einen Leichtverwundeten hatten. Ihre Aufgabe war es, die Russen bei möglichst wenigen Verlusten in Schach zu halten. Die Ausführung und die Verantwortung aller nötigen Einsätze hatte ihr Zugführer.

Sein Vertreter, der Unteroffizier, war ein sympathischer junger Mann. Er hatte eine gymnasiale Schulbildung. Deutsch sprach er fast perfekt. Wann immer es ging, unterhielten wir uns. So wussten wir bald voneinander Bescheid. Eero Korvenkontio stammte aus Helsinki, genauer gesagt, von einer der vielen Inseln vor der Hauptstadt Helsinki: Korkeasaari. Sein Vater war der Direktor eines Mädchen-Gymnasiums in Helsinki und Direktor des Zoologischen Gartens, der sich auf Korkeasaari befand. Sein Bruder, einige Jahre älter als er, war in dem Winterkrieg gegen die Russen gefallen. Eero wartete auch auf Urlaub. Seine Freundin, von der er mir einige Fotos zeigte, hatte ebenfalls Sehnsucht nach ihm. Er konnte überhaupt nicht verstehen, dass ich seit Beginn des Russlandfeldzuges noch kein einziges Mal Heimaturlaub hatte.

Auch zwischen meinen Trupp-Kameraden und den finnischen Kameraden bahnten sich trotz der sprachlichen Hindernisse Freundschaften an. Je nach Inhalt bekamen unsere Finnen sogar manchmal etwas von unseren Feldpostpäckchen ab, die der eine oder andere von uns bekam.

Ein aussichtsloser Versuch?

Sobald Eero und ich Gelegenheit hatten, uns miteinander zu unterhalten, sprach er regelmäßig mein Urlaubsproblem an. Er konnte einfach nicht verstehen, dass ein deutscher Soldat zwei Jahre lang keinen Fronturlaub bekommt.

Vielleicht könne er etwas bewirken, wenn sein Bataillonskommandeur mit unserem Hauptmann sprechen würde. Das trieb ich ihm aber sofort aus dem Kopf, weil unser Hauptmann zu einer solchen Entscheidung nicht befugt sei.

Dann verfiel er auf eine andere Idee: Er werde seinem Vater gleich schreiben, er solle sich in dieser Sache schriftlich an das deutsche Armeeoberkommando Nord in Narvik wenden, wobei er für mich als Urlaubsaufenthalt die elterliche Wohnung auf Korkeasaari angeben müsse. Dieser Einfall schien mir sehr weit hergeholt. Aber genau das tat er. Ich hatte nicht einen Funken Hoffnung, dass daraus etwas werden könne.

Vater Korvenkontio ließ sich auf das Ansinnen seines Sohnes aber ein, der damit wohl den Gedanken verband, dass wir beide zu gleicher Zeit Urlaub in Helsinki machen könnten.

Während der nächsten Tage waren wir mit unseren Pflichten, der Sicherung unseres Postens und dem Messdienst, beschäftigt. Auch unsere finnischen Freunde wurden immer wieder durch Streifzüge russischer Späh- oder Stoßtrupps herausgefordert, bei denen es ihnen einmal gelang, zwei russische Soldaten gefangen zu nehmen.

Ganz unerwartet erhielt ich den Befehl, mich im Batteriequartier einzufinden. Ich machte den langen Weg in Begleitung eines Kameraden. Die Messstellenleitung übertrug ich derweil einem Obergefreiten. Auf dem strapaziösen Marsch begegneten wir mehreren kleinen finnischen Trupps, die zu den vorderen Stützpunkten wollten.

Unser Spieß hielt sich mit einer Erklärung über den Grund des Befehles zurück. Das hatte sich unser Hauptmann vorbehalten.

Nachdem sich der Hauptmann nach den Vorkommnissen auf unserer Messstelle erkundigt hatte, ließ er mich zu meiner großen Überraschung wissen, dass unser Armeeoberkommando dem Antrag von Eeros Vater, mir zwei Wochen Urlaub in Helsinki zu gewähren, entsprochen habe. Urlaubsschein und Fahrerlaubnis befänden sich schon bei der Regimentskommandantur.

Dann folgte die zweite Überraschung: Der Hauptmann hielt mich für die Offizierslaufbahn geeignet und ernannte mich am nächsten Morgen bei einem Kurzappell zum Fahnenjunker. Die Kameraden, die mich kannten, gratulierten mir bei einem Umtrunk herzlich. Sie hatten so etwas noch nicht erlebt.

Nach dem kurzen Schlaf im Batteriequartier mussten mein Kamerad und ich wieder zu unserer Messstelle zurück, wo wir nach dem langen Marsch erschöpft, aber unbehelligt ankamen.

Es ging jetzt noch um den Termin für die Fahrt nach Helsinki und ob es Eero bei seinem Kommandeur durchsetzen werde, zu gleicher Zeit wie ich Fronturlaub zu bekommen. Er hatte sich schon mehrmals erfolglos bei seinem Leutnant erkundigt. Das musste doch wohl nicht der Oberbefehlshaber der ganzen finnischen Streitkräfte, General von Mannerheim, entscheiden?

Als ich den Urlaubstermin erfuhr, lagen die erforderlichen Papiere schon bei meinem Spieß. Sonderbarerweise bekam Eero nur zwei Tage später Bescheid; sein Antrag war genehmigt worden. Es gab sogar eine Abstimmung zwischen meinem Spieß und seinem Kompaniechef wegen der Fahrt zur nächsten gesicherten Bahnstation.

Weil wir die Reise sehr früh antreten mussten, brachten Eero, der Fahrer, der Beifahrer und ich die Nacht davor auf dem Regimentsgefechtsstand zu.

Es war ein schöner finnischer Sommertag, als wir in einem Amphibien-VW aufbrachen. Unser Furier hatte meinen Freund und mich mit reichlich Proviant für den ganzen Tag versehen. Was ich sonst noch brauchte, hatte ich im Tornister. Eero war unbewaffnet, ich hatte nur die kleine 6,35er-Pistole. An meiner Uniform hatte sich eine Kleinigkeit geändert, nämlich die Fahnenjunker-Litzen auf den Schulterklappen.

Die Straße zum Bahnhof Kärsämäki an der Strecke Oulu-Helsinki war nur auf den ersten 50 Kilometern in schlechtem Zustand. Je weiter wir nach Südwesten gelangten, umso zügiger konnten wir fahren. Am Bahnhof hatten wir noch reichlich Zeit bis zur Abfahrt unseres Zuges. Fahrer und Beifahrer konnten sich nicht lange aufhalten, fuhren also sofort wieder zurück.

Die Lokomotive, ein Modell älterer Bauart, stand schon unter Dampf. Der Heizer war dabei, den Tender mit langen Birkenholzscheiten zu beladen. Vor der Lokomotive waren zwei leere Rungenwagen angekoppelt, weil es immer wieder passierte, dass Partisanen Sprengladungen fernzündeten. Der Zug war nicht lang; er hatte nur fünf Personen- und zwei Güterwagen. Auf der Plattform des ersten und des letzten Personenwagens waren Sicherungsposten mit Maschinenpistolen. In unserem Wagen hielten sich noch einige finnische Soldaten auf; einer von ihnen bot uns nach kurzer Zeit Zigaretten an. Wir revanchierten uns mit einem Teil unserer Marschverpflegung.

Eero, der die Strecke kannte, rechnete damit, dass wir für die etwa 500 Kilometer bis Helsinki bei normaler Fahrt etwa 7 bis 8 Stunden brauchten. Der Aufenthalt an den Bahnhöfen dauerte meist etwas länger, weil Holz für die Lokomotive nachgeladen werden musste. Trotz der langen Fahrt war es uns nicht langweilig, denn wir malten uns unentwegt den Verlauf des Urlaubs aus. Für mich schien es immer noch unfassbar, dass ich bald in Helsinki sein würde.

Als unser Zug am Spätnachmittag ohne Behinderungen Helsinki erreicht hatte und wir uns auf dem Bahnsteig umsahen, wurde mir fast schwindelig. Dann entdeckte Eero unter den Wartenden seinen Vater. Nachdem sie sich in die Arme genommen hatten, begrüßte mich Herr Korvenkontio, indem er mir beide Hände reichte. Auf dem Weg zum Hafen erklärte mir Eero alles Sehenswerte. Das Fährboot, das uns auf die nahe Insel Korkeasaari bringen sollte, lag am Kai.

Im siebten Himmel

Am Landesteg von Korkeasaari warteten einige Männer und Frauen. Während des Anlegens fiel mein Blick auf eine der Frauen. Sie war mittleren Alters, mittelgroß, zierlich, hatte dunkle Haare, ein hübsches Gesicht und trug die blaugrundige Landestracht. Sie winkte, und Eero und sein Vater winkten zurück. Das war also Frau Korvenkontio. Nach einer langen, herzlichen Begrüßung traten wir den kurzen Weg vom Landesteg zum Hause der Familie an. Das Haus, das wie eine Villa wirkte, war zweigeschossig und von einem Ziergarten umgeben. Auf dem Weg zum Haus lief Eeros Mutter neben mir. Sie war mir sofort sympathisch. Weil auch sie gut Deutsch sprach, konnten wir gleich die ersten Worte miteinander wechseln.

Im Haus zeugte alles von einem erlesenen Geschmack. Wohnzimmer und Essplatz waren im Empirestil eingerichtet. Frau Korvenkontio hatte den Tisch schon festlich gedeckt. Nachdem mir Eero das Haus und mein Zimmer gezeigt hatte, rief uns Frau Korvenkontio zu Tisch. Eeros Vater hieß mich nun herzlich willkommen. Das Essen war vorzüglich, darunter Speisen, die ich noch nie gegessen hatte.

Nach dem Abendessen unterhielten wir uns lange in dem schönen Wohnzimmer. Natürlich stand der Krieg im Mittelpunkt. Damals hegte man in Finnland noch die Hoffnung, dass der Krieg von Deutschland und seinen Verbündeten gewonnen werden könnte. Wie Eero, so waren auch seine Eltern von Deutschlands Kultur, Geschichte und Wirtschaft sehr eingenommen. Wir saßen bis Mitternacht zusammen.

Ich brauchte schließlich lange, bis mich der Schlaf übermannte. Meine Gedanken bewegten sich um meinen Lebensverlauf, die ungewisse Zukunft und die Fügung, hier sein zu dürfen. Auch wenn mein Hauptmann zu glauben schien, dass ich ein guter Soldat sei, stimmte das nur bedingt. In den vielen gefährlichen Situationen an der Front hatte ich Angst um mein Leben. Natürlich versuchte ich, sie zu unterdrücken, damit niemand meine wirklichen Gefühle bemerkte. Ich vermutete jedoch, dass dieses Empfinden auch andere beschlich. Seit dem Augenblick, in dem ich mich hier in dieser heilen Welt befand, fühlte ich mich frei, fühlte ich mich unbelastet.

Am nächsten Morgen war ich der Letzte, der zu Tisch kam. Frau Korvenkontio und Eero warteten schon mit dem Frühstück auf mich. Der Tisch war gedeckt, als wäre alles im Überfluss vorhanden. Eero schlug mir für den Vormittag einen Bummel durch Helsinki vor.

Helsinki ist trotz seiner Größe eine romantische Stadt, eine Stadt mit Flair. Das Stadtbild wird geprägt von dem Regierungspalais, der imposanten Domkirche, dem großen Hafen und den vielen Parks und Gärten, die die Stadt durchziehen. Das kulturelle Leben Finnlands erhält wohl von Helsinki alle Impulse. Auf mich machte die Stadt den Eindruck, als verliefe hier alles Leben in gewohnter Ruhe.

Nach einer zweistündigen Stadtbesichtigung kehrten wir in einem anheimelnd eingerichteten Café ein. Das war ganz in meinem Sinn. Das Lokal war gut besucht. Als wir uns nach einem Tisch umsahen, entdeckte Eero zwei weibliche Gäste, die uns zuwinkten, als sollten wir bei ihnen Platz nehmen. Wieso dieses »zufällige« Treffen zustande kam, sollte ich erst später erfahren.

Eero stellte mich den jungen Frauen vor. Die eine hieß Tarja, die andere Hannele. Tarja war, wie ich bald herausfand, Eeros feste Freundin. Die beiden hübschen Frauen waren eng befreundet. Beide waren Jung-Semester an der Universität von Helsinki. Unsere Verständigung klappte von Anfang an gut, und ich fühlte mich in ihrer Gesellschaft sehr wohl. Ich konnte mich sogar mit den Damen über betriebswirtschaftliche Fragen unterhalten, denn wir teilten alle drei das Interesse an diesem Gebiet. Eero hatte Ambitionen für die Jurisprudenz. Unsere Verständigung gestaltete sich, als gäbe es für uns keine Sorgen.

Hanneles Familienname war Tulikora. Sie hatte keinen festen Freund. Ihr Aussehen und ihre Kleidung ließen auf einen guten Geschmack schließen. Hinsichtlich Alter und Größe hätten wir gut zueinandergepasst.

Unser Gespräch fand fast kein Ende. Eero mahnte dann aber doch zum Aufbruch. Vereinbart wurde für den nächsten Vormittag ein Bummel durch Helsinkis Geschäftsviertel. Die Begegnung mit den beiden Frauen war für mich wie ein Traum.

Überraschungen

Als wir am nächsten Vormittag nach dem Frühstück aufbrechen wollten, meinte Eeros Mutter, dass ich doch auch Zivil tragen könnte. Passende Kleidung sei von Eeros Bruder Fredrik vorhanden. Sie bestand darauf, dass ich einen Anzug anprobierte. Das behagte mir zwar nicht so sehr, aber ich fügte mich. Der Anzug passte. Ich brachte es aber nicht fertig, ihn zu tragen, und verschob daher die »Einkleidung« auf einen späteren Tag.

Wir trafen uns am Runeberg-Denkmal. Die beiden jungen Damen erwarteten uns schon. Sie trugen schicke, leichte Kleidung und waren – wie wir – in heiterer Stimmung. Eero, der jeden Winkel der Stadt kannte, führte uns an. Die Straßen im Zentrum waren übersichtlich angelegt und sehr sauber. Auf den Schildern standen die Namen der Straßen und Plätze in Finnisch und Schwedisch. Auch sonst war der schwedische Einfluss in der Stadt zu spüren. Keiner der Parks und Gärten war nach englischer Art angelegt.

Wie überall, wenn sich Frauen in Geschäftsvierteln verlieren, brauchte das viel Zeit. Auf mich wirkte das Angebot in den vielen Läden verblüffend. Ich hatte nicht den Eindruck, dass es an irgendetwas fehlte. Die Auslagen der feinen Geschäfte der Esplanade waren teilweise verlockend, und einiges hätte ich mir gerne gekauft. Ich dachte dabei auch an meine Freundin Inge. Geld hatte ich, aber keine Finnmark. Eero riet mir, ich solle es einfach mit meinem deutschen Geld versuchen. Also verschwand ich in einem Schmuckwarengeschäft. Nachdem ich mich zum Kauf eines Goldkettchens und eines Gemmenmedaillons entschlossen hatte, erklärte ich der Verkäuferin, dass ich nur in deutscher Währung bezahlen könne. Darauf ging sie ohne Weiteres ein. Fast alles, was ich von meinem Wehrsold dabei hatte, ließ ich in dem Geschäft.

Es war nicht zu übersehen, dass viele Textil- und Schmuckartikel, aber auch andere Waren offenbar aus Deutschland kamen. War das politisch motiviert? Musste man dem Verbündeten aus strategischen Gründen beistehen? Zu Hause in Deutschland war doch längst vieles rationiert.

Das Leben pulsierte in der Stadt. Die Menschen schienen gelassen, als wäre alles normal – dabei befand sich doch ihr Land ebenfalls im Krieg. Soldaten sah man hier nur wenige. Ich brauchte Zeit, um den Kontrast zwischen dem Kriegsgeschehen im Norden des Landes und dem scheinbar ungestörten Leben hier zu verdauen. Dass mich der Gegensatz sehr berührte, wollte ich mir jedoch nicht anmerken lassen.

Hannele und Tarja begnügten sich nicht damit, die Auslagen anzusehen; sie hatten auch Kaufabsichten. Am meisten interessierten sie sich für Schmuck- und Bekleidungsgeschäfte. Dort hielten wir uns dann auch länger auf. In einem kleinen Schmuckwarengeschäft entschlossen sich beide Damen, Korallenohrstecker zu kaufen. Dabei schien ihnen der Preis nicht so wichtig zu sein.

Ich hätte mich gern einmal mit Hannele allein unterhalten, wozu sich aber keine Gelegenheit bot.

Hannele und Tarja verabschiedeten sich nun von uns, weil sie offenbar noch andere Pläne hatten. Eero fragte sie, ob sie unsere Einladung zu einem Essen am nächsten Abend annehmen würden. Es bedurfte keiner langen Überlegung, um zuzustimmen.

Bevor Eero und ich wieder nach Korkeasaari aufbrachen, bat ich meinen Freund, mit mir in ein Fotoatelier zu gehen, denn wir hatten noch keine einzige Aufnahme von uns beiden. Dort brauchten wir uns nicht lange aufzuhalten, bis man unseren Wünschen entsprach. Die Fotos sollten schon am nächsten Tag fertig sein.

Kultivierter Lebensstil

Fredrik war vor drei Jahren gefallen. Seine Eltern waren offenbar darauf bedacht, nichts in seinem Zimmer zu verändern. Auf einem der Fotos war er als Leutnant einer Aufklärungsabteilung zu sehen. Im Kleiderschrank hingen noch seine Anzüge, und in den Regalen standen Bücher aus seiner Schulzeit, darunter auch mehrere aus seinem Deutschunterricht. Ich musste mich erst daran gewöhnen, dass ich jetzt zwei Wochen lang Fredriks Zimmer bewohnte. Manchmal beschlich mich der Gedanke, er könnte plötzlich da sein. Später entdeckte ich, dass im Schuppen neben dem Haus noch sein Fahrrad und seine Skier aufbewahrt wurden.

Vom Fenster meines Zimmers aus hatte ich einen herrlichen Blick auf das Panorama von Helsinki, den Hafen und den breiten Landesteg von Korkeasaari. Fast immer wenn ich am Fenster stand, sah ich Fährschiffe, von denen Menschen aus- oder zustiegen. Sie kamen alle, um den Zoo und den Park von Korkeasaari zu besuchen. Natürlich hatte auch ich großes Interesse an einer Zoobesichtigung, aber das hatte Eero erst für das Wochenende geplant.

Im Haus war es immer ordentlich, sauber und ruhig. Ich habe nie laute Töne oder Lärm gehört. Die Frau des Hauses war sehr aufmerksam. Ich fand in meinem Zimmer stets Obst und Süßigkeiten vor. In den Wohnräumen standen prächtige Bücherschränke. Unter den Hunderten von Büchern waren auch ganze Reihen älterer Bände in wertvoller Aufmachung. Was die »Klassiker« der Literatur betraf, fehlten weder Goethe und Schiller noch Lessing, Wieland und Herder. Auch das Werk Immanuel Kants hatte seinen Platz.

Das schöne alte Klavier im Wohnzimmer schien verwaist. Fredrik hatte es gespielt. Ein geordneter Stapel von Noten befand sich in einem kleinen Schränkchen daneben. Obenauf, nicht zu übersehen, die Bauernkantate von Johann Sebastian Bach.

In Herrn Korvenkontios Arbeitszimmer waren unter den Fachbüchern über Zoologie und Biologie auch deutsche Ausgaben.

Da ich mich schon in meiner Schulzeit für die großen deutschen Schriftsteller interessierte und es mir die deutsche Lyrik, speziell die deutschen Balladen, angetan hatten, kamen wir immer wieder auf literarische Themen zu sprechen. Herr und Frau Korvenkontio, aber auch Eero waren sehr belesen. Abgesehen von der naheliegenden Kenntnis der schwedischen und der russischen Geschichte, wussten sie verblüffend gut über die französische und deutsche Geschichte Bescheid. So kamen wir unter anderem auf deutsche Sagen und das finnische Nationalepos »Kalevala« zu sprechen, das mich sehr interessierte. Ich hatte mich schon während der Oberschulzeit um ein gutes Deutsch bemüht und später sogar kleine Gedichte verfasst. In der Gesellschaft der Kameraden an der Front herrschten verständlicherweise andere Themen vor.

Immer wenn die Mahlzeiten gemeinsam eingenommen wurden, sprachen Herr oder Frau Korvenkontio ein

Tischgebet in ihrer Sprache, sowohl vor als auch nach dem Essen. Das Mittagessen bestand immer aus drei Gängen. Meistens gab es Fisch, den ich seit jeher gern mochte. Er war jedes Mal anders zubereitet. Eine Küchenhilfe hatte Frau Korvenkontio nicht.

Die Freunde, die sie besuchten und denen ich vorgestellt wurde, waren alle Lehrer an Gymnasien in Helsinki. Auch sie gaben mir zu verstehen, dass sie von der deutschen Kultur sehr angetan seien. Es war nicht zu übersehen, dass das Ehepaar Korvenkontio hohes Ansehen genoss.

Mit jedem Tag spürte ich mehr die verhaltene Fröhlichkeit von Eeros Eltern. Der Verlust ihres älteren Sohnes bewegte sie noch immer sehr stark. Sie waren zwar national gesinnt, verabscheuten aber deutlich jede kriegerische Auseinandersetzung. Wie aber konnte Finnland gegenüber den Gebietsansprüchen der Russen im Norden des Landes bestehen?

Eeros Freundeskreis

Eero hatte zu dem Abendessen nicht nur Hannele und Tarja, sondern noch zwei Freunde und deren Freundinnen eingeladen. Alle trafen pünktlich in der von Eero ausgesuchten Gaststätte ein. Ich erinnere mich noch genau an diesen Abend.

Eeros Freunde hatten den Wehrdienst noch vor sich. Der eine studierte Forstwirtschaft, der andere war im elterlichen Holzverarbeitungsbetrieb beschäftigt. Die beiden jungen Frauen studierten Medizin. Alle vier waren gescheite und sympathische Leute. Da wir uns alle in Deutsch verständigen konnten, war die Unterhaltung problemlos möglich.

Die finnische Sprache ist meines Erachtens nicht leicht erlernbar. Sie hat keine Beziehung zur lateinischen Sprache; es gibt aber auch keine Sprachverwandtschaft mit skandinavischen oder slawischen Sprachen. Finnisch hat nicht den Wohlklang der romanischen Sprachen.

Eeros Freunde hatten viele Fragen zur Politik des Dritten Reiches, zur deutschen Kriegsführung im Allgemeinen und zu den Kämpfen in Karelien, das seit Langem ein von den Russen und den Finnen hart umkämpftes Gebiet war. Sie waren sehr erstaunt zu hören, dass ich schon mehr als zwei Jahre an der Front eingesetzt war und dass man mir zweieinhalb Jahre lang keinen Urlaub gewährt hatte.

Die Gaststätte machte einen feinen Eindruck. Die Ausstattung war in allem gut aufeinander abgestimmt – ein

Lokal, in dem man sich gleich wohlfühlte. Die Bedienung ließ nicht lange auf sich warten. Zu Beginn tranken wir einen Aperitif. Dann wählte jeder nach seinem Geschmack die Hauptspeise aus. Als Vorspeise wurden Krebse serviert – was für mich etwas Neues war. Also beobachtete ich, wie die anderen damit fertig wurden. Um danach die Hände zu säubern, wurden Glasschalen mit warmem Wasser und Tücher gereicht. Als Hauptgericht nahm ich einen gedünsteten Fisch mit Kräutersoße und Petersilienkartöffelchen. Auf Eeros Bitte schlug ich zum Hauptgericht einen deutschen Rheinwein vor. Von meiner Konfirmation hatte ich noch den Binger Rosengarten Riesling im Gedächtnis, der aber nicht vorrätig war. So tranken wir einen vom Getränkekellner vorgeschlagenen Rheinwein. Wie ich hörte, durfte hochprozentiger Alkohol nicht gereicht werden – was wir ohnehin nicht verlangt hatten. Den Abschluss des Menüs bildete eine leckere Mokka-Mandel-Creme.

Nach ein, zwei Stunden fühlte ich mich in dieser Runde so wohl, als gehörte ich dazu. Jeder von uns acht jungen Menschen wusste etwas Heiteres zu erzählen.

Zu dem besonderen Stil der Gaststätte gehörte auch das fein abgestimmte Spiel folkloristischer Weisen einer jungen Frau auf einem zitherähnlichen Instrument. Als die Musikerin eine längere Pause machte, wünschte ich mir, dass man mir einmal die finnische Nationalhymne leise vorsingen möge. Meine Freunde waren von diesem Verlangen zwar erst sehr überrascht, stimmten dann aber doch die Melodie mehr summend als singend an. Bei der zweiten und der dritten Strophe prägte sich mir die leichte Melodie schon fast ein.

Das Singen gehörte seit meiner Kurrendezeit in meiner Heimat in Schmölln zu meinen Leidenschaften. Plötzlich waren sie alle über den Einfall erfreut. Wir versuchten sogar, zweistimmig zu singen: die vier Mädchen die erste Stimme und wir Männer die zweite Stimme, natürlich immer gedämpft, damit wir niemanden störten. Beim letzten Einsatz vernahmen wir zu unserem Erstaunen, dass wir von anderen Gästen im Lokal begleitet wurden. Dann gab es ein richtiges Hallo.

Aus Dankbarkeit für die Freude ging ich auf Eeros Wunsch ein, die deutsche Nationalhymne vorzusingen. Ich sang sie leise, aber vernehmlich und ohne Hemmungen, jedoch nicht die erste, sondern die dritte Strophe: »Einigkeit und Recht und Freiheit sind des Glückes Unterpfand ...«. Alle im Lokal hörten andächtig zu.

Wir waren sehr erfreut über diesen Abend. Er hätte nicht schöner sein können.

Es war fast Mitternacht, als wir aufbrachen. Ich hatte das Gefühl gewonnen, dass wir, Hannele und ich, uns mit unseren Blicken verstanden. Sagen konnte ich ihr aber noch nicht, wie gut sie mir gefiel.

Auf dem Heimweg beschlich mich allerdings ein beunruhigendes Gefühl: Ich durfte mich hier vergnügen, während meine Kameraden allen Widrigkeiten an der Front ausgesetzt waren. Krampfhaft musste ich mich bemühen, dieses »schlechte Gewissen« zu verdrängen.

Von dem Aufenthalt in Helsinki ist mir dieser Abend wie kaum ein anderer in Erinnerung geblieben.

Der Zoologische Garten

Die Insel Korkeasaari vor Helsinki ist etwa halb so groß wie die bekannte schöne Bodenseeinsel Mainau. Sie erweckt den Eindruck eines großen, gepflegten Parks, in dessen Mitte sich auf einer kleinen Anhöhe ein Aussichtsturm erhebt, von dem man einen weiten Blick über den finnischen Meerbusen und das Festland hat. Die Insel ist mit Fährschiffen von Helsinki aus in zehn Minuten zu erreichen. Von der Anlegestelle bis zum Haus der Korvenkontios ist es nur ein Sprung. Außer Eeros Elternhaus befinden sich nur noch drei Anwesen auf der Insel: das Haus des Verwalters und seiner Familie, jenes des Tierarztes und ein größeres Haus für die Tierpfleger.

Der Zoo nimmt den größten Teil der Insel ein. Er hat keine zentrale Kasse, weil der Zugang zur Insel für die Parkbesucher frei ist. So gibt es für jede Tiergattung ein kleines Kassenhäuschen. Was die Größe und die Tierarten betrifft, lässt sich dieser Zoo nicht mit den bekannten zoologischen Gärten Mitteleuropas vergleichen. Hier findet der Besucher hauptsächlich die Tierwelt der nördlichen Region Skandinaviens: Rentiere, Elche, Wölfe, Bären, den Polarfuchs, den Vielfraß sowie kleine Pelztiere und Schneehühner. Eben Tiere, die das raue Klima Finnlands, insbesondere Lapplands, vertragen.

Der Zoo hat großen Zuspruch, zumal er kindgerecht angelegt wurde.

Die Kassenhäuschen an den verschiedenen Gehegen waren an den Wochentagen nachmittags und sonntags von hübschen Mädchen besetzt. Eero machte mich bei unserem ersten gemeinsamen Rundgang mit jeder von ihnen bekannt. Woher ich kam, erkannten sie gleich an meiner Uniform und hörten sie an meiner Sprache. Sie waren Schülerinnen der Oberstufe des Mädchen-Gymnasiums von Helsinki, dessen Direktor Herr Korvenkontio war.

Die nächsten Besuche machte ich natürlich ohne Eeros Begleitung. Er konnte sich denken, warum. Frau Korvenkontio staunte, dass ich mir so oft die Tiere im Zoo ansehen wollte, und fragte mich schließlich, ob ich denn auch das richtige Futter zum Verteilen hätte. Offenbar sah sie aber meinem Gesicht an, dass ich nicht nur die Tiere versorgen wollte. Was gab sie mir also? Pralinen feinster Sorte! Am Anfang bekam jedes Mädchen an den Kassen etwas ab. Dann beschränkte ich mich auf eine, mit der die Verständigung besonders harmonierte. Sie hieß Wibke, hatte brünettes Haar und schon deutlich erkennbare weibliche Attribute. War ihr Kassendienst beendet, spazierten wir manchmal fröhlich plaudernd durch den Park.

Mein Liebling blieb dennoch Hannele.

Mit Hannele allein

An einem der letzten Tage meines Urlaubs, für den wir uns nichts Besonderes vorgenommen hatten, machte ich mich ans Schreiben. Mutter und meine beiden Schwestern warteten sicher auf Post von mir; auch einige Freunde aus meiner Heimat sollten Grüße aus Helsinki von mir haben. Das brauchte Zeit, weil ich es niemals nur bei den profanen Grüßen belassen kann.

Den Nachmittag und den Abend verbrachte ich mit Eero und seinen Eltern auf der Veranda. Es war zwar noch warm, aber schon waren herbstliche Lüftchen zu spüren. Zuerst beschäftigten wir uns mit einem lustigen finnischen Gesellschaftsspiel, danach mit Rommé. Die Unterhaltung hielt uns noch lange beieinander. Bevor wir mit den Gute-Nacht-Wünschen aufbrachen, deutete Eero an, dass er für den nächsten Tag – es war der vorletzte vor meiner Abreise – eine Überraschung habe, verriet aber nicht, was er plante. Er hatte natürlich gemerkt, dass ich seit ein, zwei Tagen versonnener als vorher war. In meinen Gedanken sah ich mich schon wieder auf der Messstelle 7 an der Front und grübelte, was mich dort wohl erwartete.

Beim Frühstück am nächsten Morgen schwieg sich Eero immer noch über sein Vorhaben aus. Als aber Frau Korvenkontio mit einem großen Henkelkorb erschien und ihren Sohn fragte, ob auch an alles gedacht sei, klärte er mich auf. Er hatte vor, mit mir auf eine der schönen kleinen Inseln in der Nähe von Korkeasaari zu rudern. Die Insel sei wie ein kleines Paradies mit lauschigen Plätzchen und einer Feuerstelle mit einem Grillrost. Dort könnten wir ungestört spazieren oder einfach nur sitzen und plaudern. Mir gefiel die Idee sehr gut.

Schon bald brachen wir zur Anlegestelle der Ruderboote auf. Da entdeckte ich zu meiner großen Überraschung zwei junge Damen, die offenbar auf zwei junge Männer warteten. Es waren die hübschesten jungen Damen von Finnland: Tarja und Hannele. Eero hatte das Treffen ohne mein Wissen herrlich arrangiert. Er begrüßte die beiden jungen Damen mit Küssen, und ich ... – ja, ich reichte ihnen die Hand zum Gruß.

Natürlich hätte ich die kurze Strecke ebenfalls am Ruder geschafft, aber Eero ließ es nicht zu. Die Insel hatte einen kleinen Sandstrand, auf dem wir das Boot festmachen konnten. Die Vegetation überraschte mich. Schon vom Strand aus sah ich, dass neben den sauber angelegten Wegen etliche Bänke in Nischen aus Sträuchern und Stauden standen. In der Mitte der Insel lag ein Sandplatz mit einer Feuerstelle; dort stellte Eero den Henkelkorb neben anderen ab.

Wir ließen bei unserer Inselwanderung keinen Weg aus und liefen zum Schluss einmal um die ganze Insel herum. Dabei fiel auf, dass hier mehrere Vogelarten zu sehen und zu hören waren, darunter auch der Buntspecht. Wir waren nicht die Einzigen, aber es waren nur wenige Besucher auf der Insel. An freien Bänken herrschte kein Mangel, jedoch hatten alle Bänke nur Platz für zwei Personen. Ob dieser Umstand wohl bei Eeros Plan eine Rolle gespielt hatte?

Dann nahm Eero Tarja und ich noch etwas verlegen Hannele bei der Hand. Die zwei Bänke, die wir nun belegten, waren zwar nicht weit voneinander entfernt, aber wir hatten keinen Sichtkontakt zueinander. Ich war in diesem Moment so benommen vor Glück, dass es mir ganz heiß wurde. Auch Hanneles Hand war heiß. Es dauerte eine ganze Weile, bis ich Worte fand. Wir rückten nahe zusammen, und ich legte vorsichtig meinen Arm um ihre Schultern. Sie hatte ein reines, feines Gesicht und braune Augen. Alles gefiel mir an ihr. Bis zum ersten vorsichtigen Kuss dauerte es noch, aber dem ersten folgten noch viele. Ich dachte damals, ich müsste dieses süße Geschöpf für mein ganzes Leben gewinnen.

Wie lange wir so verschlungen saßen, hätte ich nicht sagen können. Plötzlich standen Eero und Tarja vor uns und meinten, es sei Zeit zum Grillen. Wir folgten ihnen mit Abstand zum Grillplatz. Eero und Tarja kümmerten sich mit Eifer um ein appetitliches Picknick. Dann saßen wir uns an einem grob gezimmerten Tisch gegenüber und wussten uns zuerst nicht viel zu sagen. Wir sprachen nur über nebensächliche Dinge. Meine und sicher auch Hanneles Gedanken drehten sich darum, dass es unsere letzten gemeinsamen Stunden sind. Die Gefühle bewegten sich zwischen süßer Freude und großer Trübsal.

Für das Picknick hatte Frau Korvenkontio gut vorgesorgt. Um Eero nicht zu enttäuschen, aß und trank ich mit, obwohl ich kein großes Verlangen hatte.

Am Spätnachmittag brachen wir auf, und Eero ruderte

uns wieder nach Korkeasaari zurück. Wir verabschiedeten uns an der Anlegestelle, an der schon ein Fährschiff bereitlag. Ich hielt Hanneles Hand fest, als könnte ich sie mit mir nehmen, und gab ihr das Schmuckdöschen mit dem Goldkettchen und dem Gemmenmedaillon. Sie dürfe es aber erst zu Hause öffnen, bat ich sie. Dann hielten wir uns umschlungen. Als die Schiffsglocke das erste Mal zur Abfahrt läutete, klammerte sie sich noch fester an mich. Ich spürte ihre Tränen auf meinem Gesicht. Es tut mir heute noch weh, diesen schmerzvollen Augenblick näher zu beschreiben, daher lasse ich es.

Beim zweiten Läuten der Schiffsglocke drängte Tarja zum Abschied. Hannele betrat das Schiff, von Tarja geführt, langsam und unsicher, als wäre ein Abgrund vor ihr. Eero und ich blieben noch an der Anlegestelle, bis das Schiff unseren Blicken entschwand.

Als wir am Abend bei Korvenkontios wieder beisammensaßen, waren wir anfangs bedrückt, obwohl die vergangenen zwei Wochen einen wunderbaren Verlauf hatten. Ich liebte und verehrte alle drei von Herzen. Sie spürten meinen Kummer. Dann begann Frau Korvenkontio, von Hannele zu sprechen: Sie lebte als einziges Kind bei ihren Eltern. Schon früh hatte sie einen Mann aus guter Familie kennengelernt, der einige Jahre älter war als sie – ihre erste große Liebe. Sie verbrachten mehrere Jahre offenbar in herzlicher Zuneigung miteinander, bis ihr Freund zum Studium nach Turku ging. Da brach die Beziehung schnell ab. Hannele brauchte sehr lange, um diesen Schmerz zu verwinden. Davon hatte sie mir nichts erzählt. Ich verstand nun, dass sie sehr empfindsam war.

In dem anschließenden Gespräch bildete die politische Zukunft Europas das Hauptthema. Herr Korvenkontio war skeptisch bezüglich des Kriegsausganges. Es war ja auch das Jahr, in dem sich unsere Feindmächte stärkere militärische Vorteile im Westen wie im Osten erkämpften.

Eero meinte, wir sollten uns zum Schluss noch eine Schallplatte mit guter Musik anhören. Er legte die »Wassermusik« von Georg Friedrich Händel auf. Es wurde spät, bis wir zu Bett gingen.

Der letzte Tag und der Abschied

Ich hatte Eero beim Frühstück gebeten, auf eine weitere Unternehmung mit mir zu verzichten. Er verstand, dass ich aufgewühlt war. Wir blieben also auf Korkeasaari. Ich ging zunächst auf mein Zimmer und verstaute meine Habseligkeiten in meinem Tornister. Dann nahm ich mir ein Buch und versuchte zu lesen. Doch daraus wurde nicht viel. Immer wieder bedrängten mich Erinnerungen an die Erlebnisse der vergangenen zwei Wochen, wobei mich die Liebe zu Hannele am meisten bewegte. Wie ließ es sich ertragen, dass ich sie vielleicht erst nach längerer Zeit oder aber gar nicht mehr wiedersehen würde? Dieses Liebeserleben saß so fest in meinem Herzen, dass mir alles andere unwichtig erschien. Selbst Inge bedeutete mir nicht mehr so viel wie früher. Sie war zwar ebenfalls ein liebenswerter Mensch, aber eben ganz anders als Hannele. Ich hatte nun auch gar kein Geschenk mehr für sie.

In meiner Unruhe ging ich hinunter zu Eeros Mutter, die in der Küche beschäftigt war. Sie war eine großartige Frau, die mich gut verstand. Sie mochte Hannele, die sie schon lange kannte, sehr gern. Sie unterbrach ihre Arbeit, und ich setzte mich zu ihr. Ich gestand ihr, dass ich die Liebe zu einer Frau noch nie so tief empfunden hätte und noch nie so geliebt worden sei. Sie meinte, eine solche Liebe sei wie ein Wunder, das die Menschen meist nur einmal erleben. Aber wie lässt sich unsere Liebe erhalten? Können Glaube und Hoffnung etwas bewirken?

So sprachen wir miteinander, bis Eero erschien. Er

schlug vor, wir zwei sollten noch einmal um die Insel spazieren, das letzte Mal. Eero hatte drei Wochen Feldurlaub und blieb daher noch eine weitere Woche daheim. Also hatte ich am nächsten Tag keinen Reisegefährten.

Als wir uns erstmals im finnischen Frontabschnitt begegnet waren, ahnten wir nicht, dass wir enge Freunde würden und gemeinsam eine so schöne Zeit erleben könnten. Dass es im Krieg überhaupt ein solches Erlebnis geben kann, war für mich vorher unvorstellbar. Ich versuchte, mir die schönen Stellen und Plätze auf der Insel fest einzuprägen – wie auch die vielen anderen Eindrücke, die ich in diesen zwei Wochen gewonnen hatte.

Beim Kaffee am Nachmittag war auch Eeros Vater dabei. Er äußerte sich freimütig: Er habe einen guten Gast erwartet, aber das harmonische Zusammensein und der Gedankenaustausch mit mir hätten seine Erwartungen übertroffen. Es müsste Frieden in der Welt sein, und Toleranz müsste die Menschen zueinanderführen, im Kleinen wie im Großen.

Vor dem Abendessen ging ich noch ein paar Schritte vor die Tür. Die Kassenhäuschen im Zoo waren verwaist. Hin und wieder waren Tierlaute zu hören. Langsam senkte sich der Abend über die Insel, - mein letzter Abend. Die Gedanken ließen mir keine Ruhe. Wie mochte es jetzt Hannele ergehen? Hatte sie sich ihrer Mutter anvertraut?

Nach dem Abendbrot tranken wir noch ein Glas Wein. In dem letzten Gespräch zu viert folgten wir dem Verlauf der verflossenen 14 Tage, denn jeder war für sich schön. Ich wusste, so etwas kann sich nicht wiederholen, auch wenn es sich jeder von uns wünschte. Außer meinem Dank und zwei Fotos hatte ich nichts, was ich zurücklassen konnte. Mein Herz verkrampfte sich, weil vom nächsten Tag an alles anders sein würde.

Wir gingen bald zu Bett, weil ich schon früh zum Bahnhof musste. Meine Gedanken ließen mich aber erst sehr spät einschlafen. Nach meinem Marschbefehl hatte ich mich an eine bestimmte Zugverbindung von Helsinki bis zu meinem Regiment zu halten. Nur ein kurzer und unruhiger Schlaf war mir vergönnt.

Als ich morgens ins Wohnzimmer trat, wartete die Familie schon auf mich. Frau Korvenkontio hatte den Reiseproviant vorbereitet; ich brauchte ihn nur noch in meinem Tornister zu verstauen. Die Stimmung war sehr gedrückt, auch während des gemeinsamen Frühstücks. Dann drängte Eero, der mich zum Bahnhof begleiten wollte, zum Aufbruch. Ich verabschiedete mich schweren Herzens von Frau und Herrn Korvenkontio. Wir wussten nicht, ob wir uns jemals wiedersehen würden. Auf dem kurzen Weg zur Anlegestelle winkten wir uns mehrmals zu.

Der Bahnhof war zu dieser frühen Stunde nicht sehr belebt, auch auf unserem Bahnsteig warteten nur wenige Leute. Sie interessierten uns nicht. Der Zug ließ noch auf sich warten. Auf einer Bank stellte ich mein Handgepäck ab und behielt das Einfahrtsgleis im Auge.

Auf einmal glaubte ich, eine Halluzination zu haben, denn da kamen wie aus dem Nichts zwei junge Frauen auf uns zugeschwebt. Eine Minute später standen Hannele und Tarja vor uns. Ich war wie erstarrt. Auch Eero war überrascht. Hannele hatte im Nu ihre Arme um mich geschlungen. Wir blieben minutenlang fest umschlungen, bis wir etwas sagen konnten. Die Pforte zum Glück hatte sich noch einmal weit für uns geöffnet. Wir waren so verstrickt in unser süßes Empfinden, dass wir für Augenblicke wie entrückt beieinanderstanden.

Doch dann fuhr der Zug ein. Wir krampften uns ineinander, und Hannele weinte. Wir küssten uns noch einmal lange, dann umarmte ich Eero und Tarja und bestieg auf schwachen Beinen den nächsten Wagen. Das Abfahrtssignal ertönte, und der Zug fuhr gemächlich an. Das letzte Winken war wie ein Akt der Verzweiflung.

Die folgenden Stunden peinigten mich. Mein Gott, warum musste er mir diesen Schmerz aufbürden? Ich war jung, musste mich Ängsten und Zwängen aussetzen. Wie sollte ich die lange Fahrt überstehen? Ich versuchte einzuschlafen, aber es gelang mir nicht. Die anderen Fahrgäste im Wagen – die meisten waren finnische Soldaten – interessierten mich nicht. In meinem Kopf tobte ein Gedankenwirrwarr. Finde dich damit ab, dass du Soldat bist, wie Millionen andere auch! Einen anderen Weg kannst du nicht gehen. Du steckst in der Uniform, bis alles vorbei ist, du kommst durch oder du bleibst, wie dein Freund Horst Behnke.

Ich blickte meist zum Fenster hinaus, nahm aber eigentlich nichts wahr. Was ich auch sah – die unendlichen Wälder, dazwischen immer wieder große und kleine Seen –, beeindruckte mich nicht. Die sich mir aufdrängenden Gedanken gewährten mir keine Ruhe.

Nach mehreren Stunden Fahrt und einem längeren Halt setzte sich ein finnischer Soldat zu mir ins Abteil. Ich fühlte mich durch ihn gestört. Vielleicht sollte ich mich in ein freies Nachbarabteil setzen? Er hatte ein Buch dabei, las aber nicht darin, sondern blickte mich immerzu an. Ob er etwas von mir wollte? Schließlich sprach er mich in gebrochenem Deutsch an. Er erzählte mir, dass er nach seinem Fronturlaub zu seiner Einheit zurückmüsse. Auch er war bedrückt und brauchte offenbar Ablenkung. Die Angst setzte auch ihm zu. Je länger wir miteinander sprachen, uns über unsere Vergangenheit ausließen, umso freier wurde unser Gespräch. Er schwärmte von einem Ingenieur-Studium in Deutschland. Für ihn sei daher die Verbindung zu deutschen Freunden wichtig. Schließlich tauschten wir unsere Adressen aus.

Er hatte seinen Zielbahnhof eine Stunde früher erreicht als ich den meinen. Er war eine gute Seele, ohne soldatische Tugenden. Wir waren einander zugetan. So war auch der Abschied.

Beim Halt in Rovaniemi war ich entsetzt über die zerstörten Häuser und die Bombenkrater. Auch die Gleisanlage war offenbar von Bomben getroffen worden. Unser Zug wurde daher mehrmals hin und her geschoben. Pioniere waren dabei, die Schäden zu beheben. In geringer Entfernung hatte eine deutsche Flakbatterie getarnt am Waldesrand Stellung bezogen. Überhaupt war die Truppenpräsenz in diesem Abschnitt auffällig.

Die Endstation war bald erreicht. Wenige Kilometer vom Bahnhof entfernt befand sich der Regimentsstab, bei dem ich mich zu melden hatte. Ich brauchte mich nur nach den taktischen Zeichen zu richten, um dorthin zu finden. Die lange Fahrt hatte mich ermüdet, sodass ich froh war, endlich wieder auf die Beine zu kommen.

Eine große Überraschung

Im Bunker des Regimentsstabes herrschte Unruhe. Der Regimentskommandeur Oberst von Kettlitz hatte einen Stellungswechsel der Fünfzehner-Haubitzbatterie befohlen, den er selbst überwachte. Ich hatte mich bei seinem Adjutanten, Hauptmann Vierling, zu melden, was ich in der vorgeschriebenen Haltung tat. Der Hauptmann winkte aber ab und bat mich, von meinem Helsinki-Urlaub zu berichten. Dann kündigte er an, er habe etwas Dienstliches vorzubringen, das mich betreffe, und nahm ein Schriftstück zur Hand: eine Order der Division, die er mir vorlas. Danach hatte ich mich mit anderen fünf Fahnenjunkern zu einem bestimmten Termin in der Waffenschule in Charlons sur Marne bei Reims zur Offiziersausbildung einzufinden.

Ich war völlig überrascht, denn das hatte ich so schnell nicht erwartet. Mir war klar, dass ich mit einem derartigen Befehl zu rechnen hatte, nahm aber an, dass es damit noch Zeit hätte.

Der Hauptmann schlug mir vor, bis zum nächsten Morgen beim Regimentsstab zu bleiben. Ich könne dann mit dem Regimentsmelder zur Befehlsstelle der Schallmessbatterie mitgenommen werden.

Dort wurde ich auch schon von meinem Batteriechef erwartet. Er war es wohl, der die Aktion in die Wege geleitet hatte. Offenbar freute er sich, etwas Gutes für mich getan zu haben. Ich hatte schon lange den Eindruck, dass er mich sehr schätzte. Er war der Ansicht, dass ich die Offizierslaufbahn verdient hätte.

Die wenigen Tage, die mir bis zur Abreise blieben, wurde ich in der Befehlsstelle eingesetzt. Mit meiner Messstelle 7 konnte ich nur noch fernmündlichen Kontakt halten. Mein dort verbliebenes persönliches Gepäck brachten die Essenträger mit. Mein Vertreter behielt das Kommando der Messstelle 7.

Die Russen hatten in der Zwischenzeit so wenig erreicht wie wir. Großes artilleristisches Feuer hatten sie fast ganz eingestellt. Vielleicht war das unter anderem auch auf das Wirken unserer Schallmessbatterie zurückzuführen. Aber ihre Luftangriffe hatten zugenommen, bei denen sie neuerdings schnelle Jäger einsetzten. Die Bunker in den Stellungen unserer Einheiten in Frontnähe waren daher alle verstärkt worden. Ihre Ziele hatten sie sowohl in Frontnähe als auch im nahen Hinterland.

Der Abschied von der Batterie fiel mir schwer, war es doch ein Abschied von vielen guten Kameraden. Am letzten Abend gab es eine kleine Abschiedsrunde im Befehlsbunker.

So endete meine Zeit in Finnland. Die Erinnerungen daran – besonders aber an Hannele, Eero, seine Eltern und die zwei Wochen in Helsinki – sind nie verblasst.

Bei meinem späten Versuch, mit Eero Verbindung aufzunehmen, bekam ich vom zuständigen Amt der Stadt Helsinki nur den Bescheid, dass Eero verstorben sei. Von seiner Witwe und seinem Sohn erhielt ich keine Post.